LE ROMAN DE L'ORIENT-EXPRESS

Paru dans Le Livre de Poche :

Le Roman de la Russie insolite

Le Roman de Saint-Pétersbourg

Le Roman du Kremlin

Les Tsarines

VLADIMIR FÉDOROVSKI

Le Roman de l'Orient-Express

ÉDITIONS DU ROCHER

ISBN : 978-2-253-12204-3 – 1re publication LGF

À la mémoire d'Alexandre Nikolaïevitch Yakovlev

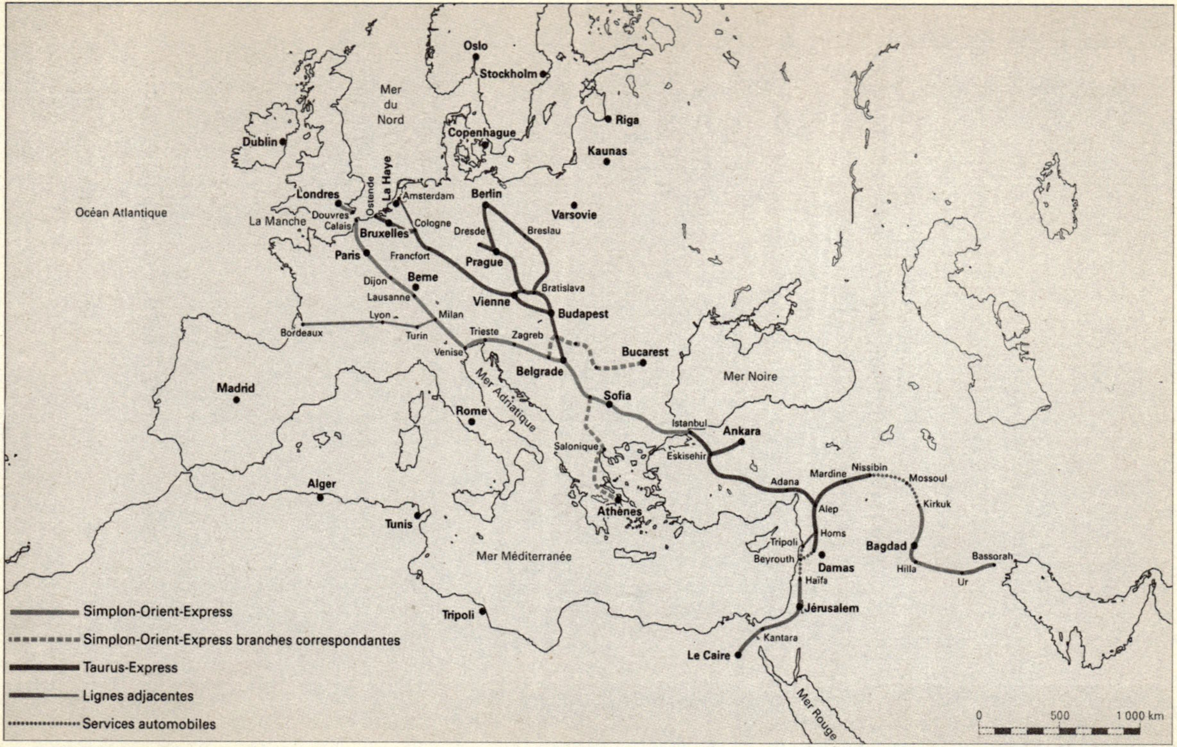
Océan Atlantique
Mer du Nord
La Manche
Mer Noire
Mer Adriatique
Mer Méditerranée
Mer Rouge
Dublin
Londres
Douvres
Calais
Ostende
La Haye
Amsterdam
Bruxelles
Cologne
Paris
Francfort
Dijon
Berne
Lausanne
Lyon
Milan
Turin
Bordeaux
Venise
Trieste
Zagreb
Oslo
Stockholm
Copenhague
Riga
Kaunas
Varsovie
Berlin
Dresde
Breslau
Prague
Bratislava
Vienne
Budapest
Belgrade
Bucarest
Sofia
Salonique
Athènes
Istanbul
Ankara
Eskisehir
Adana
Mardine
Nissibin
Mossoul
Kirkuk
Alep
Homs
Tripoli
Beyrouth
Damas
Haïfa
Jérusalem
Kantara
Le Caire
Bagdad
Hilla
Ur
Bassorah
Madrid
Rome
Alger
Tunis
Tripoli
Simplon-Orient-Express
Simplon-Orient-Express branches correspondantes
Taurus-Express
Lignes adjacentes
Services automobiles
0
500
1 000 km

Le mythe du train de l'Europe

C'est en 1872, lors d'un séjour aux États-Unis, que Georges Nagelmackers, un ingénieur belge de 27 ans, décida de créer une compagnie ferroviaire de rêve, incomparable à tout ce que l'on avait vu jusqu'ici. Certes, au milieu des années 1860, en Amérique, la société des frères Pullman avait déjà conçu la voiture-dortoir avec des lits séparés par des rideaux. Nagelmackers lui, imagina le compartiment, la cabine fermée avec une porte donnant sur un couloir latéral. Et en 1876, il créait la Compagnie internationale des wagons-lits.

Mais en cette seconde moitié du XIXe siècle, les chemins de fer du continent européen étaient loin d'être uniformes, il fallait souvent changer de matériel d'un pays à l'autre car les rails n'avaient pas le même écartement.

Aussi, pour surpasser les Américains qui tentaient alors de conquérir le marché européen, Nagelmackers eut une idée de génie : non seulement ses trains seraient les plus confortables et les plus luxueux, mais ils traverseraient sans entrave l'Europe entière, grâce à la rénovation des réseaux ferroviaires.

En 1884, sa société prenait le nom de Compagnie internationale des wagons-lits et des grands express européens. Très vite, son prestige devenu effectivement mondial, elle décrocha l'organisation des voyages officiels pour la plupart des cours royales européennes. Suivit une période de prospérité pendant laquelle se forgea le mythe de l'Orient-Express, mélange d'aventure humaine, de luxe et de performances techniques.

Chaque année, de nouveaux trains étaient créés, en Asie ou au Proche-Orient ; leurs noms sonnent toujours à nos oreilles comme des stances : la Flèche d'or, le Transsibérien, l'Étoile du Nord, le Train bleu. Ce train dont les voitures furent même transformées en dancing, inspira un ballet sur une musique de Darius Milhaud, des textes de Jean Cocteau, des costumes de Coco Chanel et des rideaux créés par Picasso[1]. Son restaurant fut, jusqu'à la fin des années soixante, un lieu de rendez-vous très prisé. Le Train bleu servit enfin de décor au film *Le Crime de l'Orient-Express*, de Sidney Lumet. Ce fut également le moyen de transport de prédilection de ladite Coco Chanel et de Sacha Guitry. De Monte-Carlo à Vienne, de Paris à Saint-Pétersbourg, de Madrid à Constantinople, ce « train des rois, roi des trains » allait faire fantasmer tant d'écrivains, comme Agatha Christie, Valery Larbaud, Paul Morand, Pierre Mac Orlan ; tant de belles intrigantes, tant de princes, de grands ducs, de lords et de ces milliardaires, sans oublier les magnats hongrois et les boyards roumains possédant de tels domaines que l'un d'eux dit un jour : *« L'Orient-Express met trois heures à me traverser. »*

Mais, plus qu'un train de luxe, l'Orient-Express est

1. En 1924.

l'emblème d'une Europe qui s'est faite avant l'heure, ouvrant ses portes aux hommes d'affaires et d'État, aux célébrités ou tout simplement aux amoureux du voyage.

Cependant, au cours de l'histoire du XXe siècle, les trains de la Compagnie des wagons-lits furent le théâtre de nombreux drames joués par les grands acteurs politiques ou les réseaux d'espionnage. Ainsi, dans la voiture n° 2419 transformée en bureau pour le train du maréchal Foch à la demande du gouvernement français, fut signé à Rethondes, l'armistice du 11 novembre 1918. Un peu plus de vingt ans après, Hitler signait la capitulation de la France dans ce même wagon, tandis qu'entre-temps, Trotski créait l'Armée rouge au cours d'un voyage dans un de ces compartiments de luxe. Raoul Wallenberg, diplomate suédois en poste à Budapest, sauva plus de 20 000 Juifs pendant la guerre en dupant les nazis dans l'Orient-Express. Khrouchtchev, le jovial successeur de Staline à la tête de l'URSS, évoqua pour la première fois l'idée de construire le mur de Berlin dans ce même train[1].

Des agents des services secrets occidentaux à ceux du Kremlin, tous empruntèrent ce train pour des raisons diverses, trouvant toujours ce qu'ils y cherchaient.

Voyager par l'Orient-Express, c'est aussi lever le voile sur une certaine histoire secrète du XXe siècle et ainsi comprendre comment l'assassinat de Trotski fut pré-

---

1. La guerre froide arrêtera alors ses liaisons, l'empêchant de rejoindre les gares de Budapest ou de Sofia. Ce n'est qu'à la chute du mur de Berlin qu'il pourra circuler à nouveau dans les pays de l'Est.

paré par le réseau d'espionnage de Staline, qui introduisit son agent dans l'entourage même de Hitler[1].

Pour ma part, j'ai toujours pensé que les destins participent à mettre en lumière les lieux mythiques. Cette méthode fut d'ailleurs déjà rodée avec *Le Roman de Saint-Pétersbourg*. Ainsi certains personnages symboliques ayant marqué chaque époque de leur empreinte nous aideront-ils à reconstituer cette fabuleuse aventure : le Belge Nagelmackers, créateur du train, qui imagina cette Europe sans frontière à travers laquelle une simple carte de visite allait suffire pour voyager ; le Russe Diaghilev, fondateur des Ballets russes ; Mata Hari, Hollandaise, cette grande aventurière qui installa son QG dans le train de Paris à Vienne au cours des heures sombres de la Première Guerre mondiale ; Lawrence d'Arabie, le célèbre espion anglais ; Marlène Dietrich, qui, sous la montée du nazisme, vécut une très belle histoire d'amour dans ce train ; Raoul Wallenberg, mentionné plus haut, et enfin Vaclav Havel, dramaturge, dissident et premier président de la Tchécoslovaquie libre, symbole de l'ouverture de l'Est, qui sonna récemment la fin d'une époque et la libération de Prague.

Cependant, cette fois-ci, notre guide conducteur sera un couple éminemment moderne de jeunes New-Yorkais dont le destin peu banal m'incita à écrire ce livre.

1. La célèbre actrice Olga Tchekhova, nièce du dramaturge Tchekhov, qui allait devenir la meilleure amie d'Eva Braun.

Fatum

Kaï, d'origine allemande et Anna, Française d'origine russe, vivaient à New York, conquis par le tourbillon de cette métropole. De ses ancêtres[1], la jeune femme a hérité une vitalité extraordinaire. À l'âge de 18 ans, elle décrochait des bourses dans les meilleures écoles ; d'abord Cambridge, en Angleterre, puis un MBA aux États-Unis. Après ses études d'économie, elle devenait ce qu'on appelle dans les milieux prisés de la capitale américaine une *golden girl.* Tout semblait alors lui réussir.

Un seul point de dissension dans le couple, Anna était hantée par le désir de retrouver ses racines, alors que Kaï, traumatisé par le passé de son pays, désirait tourner définitivement les pages sombres de l'Histoire européenne.

Voilà quelques années, tous deux préparaient leurs vacances. Et si Kaï rêvait d'évasion en Asie, Anna, elle, cherchait un sésame pour comprendre l'avenir du continent européen. Où se situerait demain le centre de l'Europe ? À Paris, à Prague, à Istanbul ? En feuilletant

1. Son arrière-grand-père fut un diplomate chevronné à Istanbul ; son grand-père, un grand résistant, mort pendant la Seconde Guerre mondiale.

une brochure de publicité vantant l'Orient-Express, il lui apparut clairement que ce train était de nature à répondre aux interrogations qui la taraudaient, puisque à lui seul il semblait tout réunir : la Turquie, la Russie, Prague, Paris, Venise. Aussi Anna n'envisageait-elle rien d'autre que de voyager à bord de l'emblématique Orient-Express, et essayait d'en convaincre son mari.

Le soleil brillait sur Manhattan ce matin-là et la discussion battait son plein. Mais un coup de téléphone interrompit la conversation : le médecin convoquait Anna pour lui donner un résultat d'analyses. Chacun partit pour son bureau, puis à midi, comme convenu, ils se retrouvèrent dans la salle d'attente du médecin…

Au bout d'un quart d'heure, une jeune femme, pas très grande, assez belle, les fit entrer dans son cabinet avec un vague sourire.

— Bon, dit-elle en les invitant à s'asseoir. Puis, réunissant la pointe de ses doigts elle poursuivit.

— Je n'irai pas par quatre chemins, madame. La réalité va être dure à entendre. Vous avez un cancer…

Le visage des deux tourtereaux se décomposa.

— Mais ! dit Kaï avec une envie soudaine de lui décrocher son gauche. Elle va s'en sortir n'est-ce pas ?

La femme marqua un silence puis déclara sans ambages :

— Je ne puis malheureusement pas vous rassurer : avec de telles analyses, il y a très peu d'espoir de survie… 2 % peut-être…

Envolés les rires, les projets, les espoirs ! La baie d'Hudson s'était recouverte d'une brume opaque. La vie avait été si belle jusqu'à présent, en face de cette statue de la Liberté qu'ils voyaient depuis les fenêtres de leur appartement.

Une fois rentrés chez eux, Kaï et Anna sanglotèrent. Connaissant l'impulsivité de sa femme, le jeune homme craignit même qu'elle se jette du 27e étage. Mais Anna a la tête sur les épaules et par la fenêtre passa seulement le bouquet de fleurs qui trônait dans le salon…

Sous son front défilèrent en effet toutes sortes d'idées noires. Une chose était certaine : elle ne se ferait pas opérer, comme le lui avait suggéré le médecin.

Ne parvenant pas à accepter la fatalité, Kaï revint chez lui quelques jours plus tard en déclarant avoir obtenu un rendez-vous avec une sommité qui dirigeait le centre de cancérologie de New York.

Cela n'avait pas été une mince affaire. Pourtant, Anna se rebiffa. À quoi bon entendre une seconde fois le verdict ? Mais face à l'insistance de son mari, elle finit par céder.

Manhattan disparaissait sous la brume mauve du matin. Anna fixait le mur vert pâle de la salle d'attente, écoutant sans les entendre les paroles de Kaï. Une mouche voletait çà et là, se posant puis repartant. À son esprit revint une comptine de son enfance : *« Il ne faut pas tuer la mouche d'hiver ; elle est souvenir de l'été passé et présage le printemps. »*

Le professeur les reçut enfin. C'était un vieux Chinois devenu un vrai New-Yorkais, amateur de base-ball, toujours prêt à relever les défis.

— Racontez-moi ce qui vous arrive, dit-il en posant un regard bienveillant sur les deux jeunes gens.

— Voilà ce qui nous arrive ! dit Anna en jetant les analyses sur le bureau.

Le couple relata alors son histoire.

Le visage du professeur s'allongea, ses yeux bridés s'arrondirent.

— Ah bon ? À partir du moment où vous lui avez déclaré ne pas vouloir d'opération elle a refusé de vous recevoir… re-fu-sé de vous recevoir, répéta-t-il, re-fu-sé. Hum…

Après un moment de silence qui en disait long sur ce qu'il pensait de cette femme, il promit de rappeler au plus vite les jeunes gens.

Anna et Kaï étaient épuisés. Ils avaient si peu dormi pendant cette semaine fatidique ponctuée de pleurs, de coups de téléphone à leurs parents, de visites des amis. Ils partirent donc essayer de se reposer dans un petit village.

Grâce à un bon somnifère, Anna dormit longtemps, d'un sommeil agité de rêves. La jeune femme se réveilla en sursaut. Au dehors le vent soufflait, secouant violemment le volet de la chambre.

Des pensées apocalyptiques couraient encore dans sa tête comme des fourmis quand son téléphone sonna. Elle hésita à répondre, mais son mari lui fit un signe.

La voix grave du professeur l'inquiéta davantage.

— Madame, dit-il pourtant d'emblée, maintes fois j'ai dû annoncer de mauvaises nouvelles, mais je suis heureux de vous dire que vous n'avez pas de cancer.

Silence.

— Comment ça ? reprit Anna incrédule.

— Vous savez, maintenant ce sont des ordinateurs super puissants qui tirent les conclusions des analyses. Il suffit de mal interpréter une donnée et de l'entrer dans l'ordinateur pour avoir un résultat complètement erroné – ce qui a été le cas de ma jeune et ambitieuse collègue qui vous a condamnée un peu hâtivement. Elle a pris les séquelles de votre récente opération pour une nécrose, qui est une donnée caractéristique du cancer. Si cette méprise est classique – *errare humanum est* –, ce qui est inhumain, c'est sa façon de s'en laver les mains.

J'ai quand même tenu à parler avec le professeur qui l'a formée, pour lui raconter comment elle a commis cette erreur de diagnostic.

Sachez, ajouta-t-il un peu narquois, qu'elle a récemment brigué un poste dans mon centre. Eh bien elle n'y travaillera jamais, soyez-en sûre…

Quelques instants plus tard, Anna réveillait ses parents en Europe. Pour eux, il était trois heures du matin.

— Elle n'a pas de cancer ! cria Kaï dans le combiné du téléphone.

Tant et si bien que les parents crurent d'abord qu'il était devenu fou : ils avaient tant pleuré ensemble, les uns croyant devoir perdre leur fille, l'autre, sa femme, et Anna, la vie.

Cette si heureuse nouvelle fut bien entendu joyeusement fêtée. Mais un terrible doute envahit d'abord Kaï puis la mère d'Anna. À leur avis, il fallait vérifier ce nouveau diagnostic. Le père de la jeune femme, dont les colères sont mémorables, ne l'entendait pas ainsi. Après avoir cassé quelques meubles, il déclara, bouleversé, qu'un miracle ne demandait pas de vérification.

Pourtant le professeur lui-même téléphonait le lendemain à Anna :

— La responsabilité est trop grande pour moi, je

voudrais tout de même envoyer des analyses anonymes dans deux centres réputés du Texas et de Californie.

Encore quinze jours d'insupportable angoisse en perspective. Depuis des jours, les amis, orthodoxes, catholiques ou juifs, priaient en chœur pour les enfants, pour les parents. Une ferveur extraordinaire les entourait.

Fort heureusement, cinq jours plus tard seulement, le professeur recevait les résultats confirmant son diagnostic.

Plus que jamais, les jeunes gens étaient décidés à partir pour de longues vacances. Après ce choc, il ne s'agissait plus seulement de retrouvailles métaphysiques avec les racines mais de retrouvailles avec la vie.

Le hasard allait les guider. Alors qu'ils dînaient chez les parents d'une de leurs amies 5th Avenue, M. Zilk, brillant homme d'affaires et philosophe à ses heures, proposa à Anna de visiter sa bibliothèque. Tandis qu'elle se délectait des ouvrages rares présentés par le propriétaire des lieux, son regard se posa sur la tranche d'un volume relié de couleur bordeaux : *Fondation Alexandre Yakovlev. Documents.*

— Le président de la Fondation pour la démocratie est un être que j'apprécie beaucoup, dit M. Zilk, j'ai eu plusieurs fois l'occasion de le rencontrer et nous sommes toujours restés en bons termes.

Anna avait bien sûr entendu parler de l'idéologue de la perestroïka, aussi parcourut-elle le document.

— Je me suis particulièrement intéressé à cette publication, poursuivit M. Zilk, car mon cousin faisait partie du réseau Wallenberg, ce diplomate suédois qui a sauvé tant de Juifs pendant la Deuxième Guerre mondiale avant d'être arrêté, en 1945 à Budapest, par le contre-espionnage soviétique. Regardez, dit-il en désignant du doigt la ligne où figurait le nom de son cousin.

Quel ne fut pas l'étonnement d'Anna en voyant un peu plus haut les noms de ses propres grands-parents, disparus en 1945…

Ainsi avaient-ils également fait partie de ce réseau. Elle était abasourdie. Mais une question subsistait : où et comment étaient-ils morts ?

Voyant le trouble de la jeune femme, le vieux monsieur lui promit de l'aider à élucider ces mystères par l'intermédiaire de son ami Alexandre Yakovlev.

À la recherche des racines

Le hasard voulut que deux mois plus tard, en mai 1995, Kaï se rendît à Moscou. En effet, dans les années 90, de multiples conseillers étrangers, notamment américains, furent appelés à y œuvrer pour une privatisation totale de l'économie.

Un groupe de jeunes économistes proches du président Eltsine avaient préconisé de privatiser toutes les entreprises russes.

Les raisons qui poussèrent le gouvernement post-communiste à s'engager dans un processus aussi radical furent déterminées par la tentative de coup d'État du mois d'août 1991 orchestrée par le KGB, qui démontrait clairement qu'une partie de la classe politique de l'époque refusait les réformes.

Pour les réformateurs, le but à atteindre était de provoquer des changements suffisamment profonds pour que tout « retour en arrière » (sous-entendu : vers le système communiste) fût techniquement et politiquement impossible. De ce point de vue, la privatisation des années 1992-1994 fut une réussite. Mais en pratique, ce processus se déroula dans une opacité totale. Du jour au lendemain, des apparatchiks communistes, anciens ministres et hauts responsables du parti qui avaient déjà commencé à amasser leur fortune pendant la perestroïka, se déguisèrent en banquiers ou businessmen, devenant propriétaires de secteurs entiers de l'économie. Et cela avec la bénédiction du KGB, qui les qualifiait de « milliardaires autorisés ». Ainsi fut organisée la grande braderie des biens nationaux en Russie.

Durant ce séjour, Kaï fut particulièrement choqué par l'ambiance de corruption totale qu'il dut affronter à Moscou. Il avait devant lui la preuve éclatante de l'abnégation du destin européen de ce pays.

En ce samedi, absorbé par ses réflexions, le jeune homme flâna dans le quartier piétonnier de l'Arbat, où habitèrent Gogol, Tolstoï et Pouchkine puis chercha la maison où commence le roman de Boulgakov *Le Maître et Marguerite.* Il accomplissait ainsi une sorte de pèlerinage chez les auteurs qui avaient accompagné sa femme toute sa vie. Il visita donc le lieu devenu musée où Gogol, son écrivain favori, brûla le deuxième tome des *Âmes mortes.* Puis il passa devant la maison où vécut Pouchkine juste après son mariage. Il se remémora les éloquentes pages de *Guerre et Paix* dans lesquelles Tolstoï décrit le vaste hôtel de la comtesse Rostov, connu de tout Moscou. Le buste de l'écrivain trône devant cette demeure, aujourd'hui la Maison des écrivains.

Mais les figures mythiques de la Russie éternelle s'éclipsaient devant une réalité bien moins séduisante. En effet ce quartier, transformé en centre de marché noir, avec ses inévitables règlements de comptes, était devenu le lieu de prédilection des nouveaux Russes avec leur côté tape-à-l'œil. Certes, il avait retrouvé sa splendeur, avec ses façades bleues, roses ou grises ornées de frontispices à colonnades leur donnant l'aspect de palais miniatures. Pourtant, une fois encore, aux yeux de Kaï, la Russie éternelle ne semblait pas au rendez-vous…

En fin d'après-midi, après sa promenade, le jeune homme prit le chemin du boulevard circulaire. En arrivant devant le petit bâtiment de trois étages de la fondation Yakovlev, il se sentit un peu impressionné mais fier de rencontrer ce personnage que le KGB avait accusé d'être « le messager du mal », le fossoyeur de l'URSS et même le chef d'un complot maçonnique mondial[1].

Né en 1924, Alexandre Yakovlev suivit le chemin classique des hommes de sa génération. Officier des fusiliers marins pendant la Deuxième Guerre mondiale, il fut blessé et garda une légère claudication. Pour cette raison les diplomates français l'ont surnommé le Diable boiteux, comme Talleyrand autrefois.

Dans les années cinquante, il étudia les sciences sociales, devint docteur d'État et entra en 1961 dans le monde du Kremlin dont il gravit très vite les échelons. Mais, au début des années soixante-dix, cette carrière sereine fut interrompue car Yakovlev dénonça l'influence exercée sur l'appareil par les nationalistes russes d'extrême droite. La sanction fut immédiate. Il fut aussitôt démis de ses fonctions et envoyé dans un exil « doré » comme ambassadeur au Canada où il demeura de 1972 à 1983, époque où il renoua des relations de confiance avec Gorbatchev, le futur maître

1. Le rendez-vous lui avait été arrangé par M. Zilk, leur ami new-yorkais.

du Kremlin. Et où furent prononcés les mots fatidiques qui allaient devenir les symboles de la politique réformiste : *« perestroïka »* et *« glasnost »*[1].

L'URSS allait à la catastrophe. Il fallait radicalement changer de cap. Après la prise du pouvoir par Gorbatchev en 1985, Yakovlev, devenu son éminence grise, préconisa une transformation totale du système. Son but n'était pas de préserver le communisme, mais au contraire de sauver le pays d'un chaos sanglant inévitable s'il n'arrivait pas à sortir du système totalitaire. Le droit à la liberté de l'esprit, la démocratie, la morale formaient la colonne vertébrale de la nouvelle pensée politique. Cet idéalisme marquait une rupture avec le réalisme des hommes d'État du temps de la guerre froide.

Pour initier ce projet de réforme, Yakovlev lança dès 1986 un appel à l'intelligentsia. Celle-ci, se redéfinissant au nom de la morale d'avant la révolution bolchevique de 1917, insista de nouveau sur sa responsabilité éthique. Les dissidents furent alors reconnus : Andreï Sakharov fut autorisé à quitter son exil de Gorki, les prisonniers politiques furent libérés des camps et des hôpitaux psychiatriques, Alexandre Soljenitsyne fut réhabilité et publié, les émigrés autorisés à rentrer en URSS.

Yakovlev proposa ensuite de renouer avec le pape. Il était persuadé qu'il fallait trouver un nouveau terrain d'entente avec le Saint-Siège, « à la base de valeurs universelles, supérieures à celles de la lutte des classes ».

Alexandre Yakovlev accueillit chaleureusement Kaï et sans plus attendre lui remit une enveloppe.

---

1. « Refonte » et « transparence ».

— Je n'ai guère eu le temps de chercher dans les archives confidentielles ce qu'il reste comme témoignage sur la mort des grands-parents de votre femme. En revanche, j'ai trouvé dans les archives historiques, tout à fait accessibles, le journal écrit par son arrière-grand-mère, épouse d'un attaché militaire russe avant la révolution. Je ne puis bien entendu pas vous donner les originaux, mais ces photocopies feront l'affaire. J'ai pu constater en les parcourant que ces documents concernent en particulier leurs voyages en Orient-Express et ce train mythique n'est-il pas un symbole de la réunification de l'Europe après les sombres années de la guerre froide, jeune homme ? Il y a aussi quelques aquarelles d'Istanbul, ajouta-t-il.

Ravi de cette découverte, Kaï ne comptait cependant pas en rester là. Cette rencontre était une occasion extraordinaire d'évoquer des sujets qui avaient pour lui une signification tout à fait précise, déterminée par une logique implacable : la fin de la guerre froide, la destruction du mur de Berlin, les retrouvailles entre les deux parties de l'Europe et même ce personnage hors du commun sorti tout droit d'un roman de Dostoïevski, emblème de cette ouverture, tout le ramenait à l'Orient-Express, symbole de l'Europe sans frontière.

Kaï demanda donc à Alexandre Yakovlev de lui raconter la fin de la guerre froide. Et le vieux sage joua le jeu en livrant ses confidences sur les étapes essentielles des événements qui ponctuèrent les années 1989 à 1991.

Le dossier le plus épineux du moment concernait les pays d'Europe centrale. Comme aux premières heures de la perestroïka, Yakovlev continuait à mettre ses adversaires devant le fait accompli. Ainsi fit-il à propos de l'Europe centrale en acceptant définitivement le droit des peuples à disposer d'eux-mêmes.

Mais, tout Allemand qu'il était, Kaï ramena la conversation sur la réunification de l'Allemagne qui représentait le grand sujet de confrontation de Yakovlev avec le KGB et les conservateurs du parti. D'ailleurs, à l'époque, Yakovlev déclarait que la réunification de l'Allemagne était inévitable. Avant la chute du mur de Berlin, il se rendit en RDA et testa confidentiellement auprès de ses interlocuteurs « si la réunification n'était pas la solution à la stabilité en Europe ».

Les événements se précipitèrent lors de la visite de Gorbatchev à Berlin-Est en automne 1989, quand la population acclama le président soviétique au détriment des vieux chefs est-allemands. À son retour, Gorbatchev signifia à Yakovlev la nécessité de choisir des successeurs à « ces vieux staliniens ».

En automne 1989, les services secrets du Kremlin n'avaient de cesse d'alerter Gorbatchev de l'évolution de la situation en RDA, défavorable aux intérêts de l'URSS. Une fois encore, Yakovlev exposa clairement la conjoncture : « Il n'y a pas d'alternative à la réunification car, dans le cas contraire, il faudrait utiliser les forces armées soviétiques, et les réformateurs, déjà en perte de vitesse, deviendraient les otages des militaires et du KGB. »

La nuit du 8 au 9 novembre 1989, les Allemands de l'Est commencèrent à franchir le mur.

L'histoire paraissait prendre un nouveau départ. Mais ce n'était qu'un mirage.

Yakovlev appela à une authentique « débolchevisation ». – Comme vous, les Allemands, l'avez fait pour « dénazifier », dit-il à Kaï.

En vain. Et il n'y eut jamais de procès en Russie contre le totalitarisme soviétique coupable de crimes contre l'humanité (25 millions de victimes pour l'URSS, selon les statistiques que donna la commission présidée par Yakovlev).

Des années ont passé et avec l'actuel président russe, Poutine, le KGB a retrouvé ses certitudes. Quant à Yakovlev, il assumait tranquillement son passé.

— Dommage ! dit-il à Kaï pour conclure. Nous avons tout de même raté la sortie du communisme…

Le jeune homme demeurait submergé par l'impression de vivre les heures étoilées de l'histoire aux côtés de ce personnage à la carrure imposante, qui ressemblait à Nikita Khrouchtchev mais avec quelle haute intelligence !

La lumière qui se dégagea de cette conversation fit oublier à Kaï l'ambiance d'affairisme inhérente à son séjour moscovite. Il lui semblait retrouver la tonalité de ses échanges avec Anna et l'évocation presque féerique de la Russie éternelle de ses ancêtres. Yakovlev représentait la grande tradition de ce pays composé de vieilles pierres, d'églises et de palais où les parfums des chemins d'antan et l'odeur des vieux papiers accompagnent le regard de nos ancêtres ; ce pays construit par des générations successives d'hommes et de femmes, de Pouchkine à Dostoïevski, de Gogol à Tolstoï.

Muni des précieux documents remis par M. Yakovlev, Kaï quitta Moscou rasséréné. Si le jeune homme brûlait d'envie d'y jeter un œil, il s'en abstint néanmoins, pour laisser à sa femme la joie de cette découverte. Et, de retour au Etats-Unis, il eut le plaisir d'offrir ce présent inestimable à sa jeune épouse.

En secouant l'enveloppe afin d'en faire sortir le contenu, Anna fit tomber une photo déchirée qui représentait une petite chapelle dans un cimetière.

— Mais M. Yakovlev ne m'a pas parlé de cette photo ! s'exclama Kaï. Serrant sa femme dans ses bras, il ajouta :

— Il ne connaît pas tes beaux yeux, mais il l'a fait pour eux, car il a dû la substituer…

Sur le verso de la photo signée A.N., figuraient deux lettres – TA – et une autre, illisible.

Durant la soirée les jeunes gens parcoururent le journal intime de l'aïeule d'Anna où se trouvaient pêle-mêle des photocopies de quelques croquis d'Istanbul dessinés par sa grand-mère. On n'avait jamais bien su, dans la famille, où, juste à la fin de la guerre, étaient morts cette femme et son mari. À Istanbul ? À Prague ? À Budapest ?

Ces trouvailles représentaient sans conteste un signe, un appel.

Ainsi, par ce hasard, s'imposait pour leurs vacances le voyage à bord de l'Orient-Express. Les deux jeunes gens s'attelèrent alors à préparer leur périple aussi minutieusement que s'il s'était agi d'un concours des hautes écoles fréquentées jadis. Ils se procurèrent de beaux livres sur les villes emblématiques de l'Orient-Express et choisirent dans leur bibliothèque les personnages qui correspondaient le mieux à chaque métropole. Parfois, comme ce fut le cas du roi Rodolphe pour Prague, ou du pygmalion des Ballets russes Diaghilev pour Venise, ils tombaient tout de suite d'accord. Pour d'autres, ils discutaient longtemps. Il leur fut par exemple difficile de trouver le symbole de Constantinople : le sultan Abdülhamid II ? Mata Hari ? Lawrence d'Arabie ? Ou Agatha Christie ?

Le premier voyage de l'Orient-Express

Durant les semaines qui précédèrent le départ, Anna se replongea dans le journal de son aïeule. En 1883, à l'époque de l'inauguration de l'Orient-Express, son arrière-grand-père, diplomate russe à Paris, venait d'être nommé attaché militaire à Constantinople. Ainsi furent-ils invités à faire ce voyage en compagnie d'un certain nombre de personnalités de la politique et de quelques journalistes.

« 15 octobre 1883.

Après un voyage particulièrement festif et pittoresque à bord de l'Orient-Express, nous voilà enfin installés. Il faut dire que la Compagnie des wagons-lits a bien fait les choses. Nos bagages ont été pris à domicile à Paris par ses voitures et nous les avons trouvés dans notre nouvelle maison, à Constantinople, sans même avoir eu à nous en préoccuper. Comme je viens juste de lire dans *Le Figaro*, *"Jusqu'à présent, à Paris, quand on avait quelques jours de liberté, on partait pour la forêt de Fontainebleau ou pour quelque port pas trop éloigné de la Manche. Maintenant, on va à Istanbul*[1]*…"*

1. Article de Georges Boyer « Orient-Express à toute vapeur », paru dans *Le Figaro*.

Effectivement, partis de la gare de Strasbourg[1] le 4 octobre, à sept heures et demie du soir, nous avons parcouru, grâce à un nouveau matériel extrêmement perfectionné, plus de 3 000 km (6 500 km aller et retour) en moins d'une semaine. C'est extraordinaire !

L'Orient-Express se compose d'abord de deux fourgons de service. L'un contient une vaste salle à manger, un fumoir bibliothèque, un boudoir pour les dames, un office et une cuisine. Cette voiture est une nouveauté, car si le train impérial de Napoléon III comportait déjà une salle à manger[2], jamais autant de luxe n'avait été offert aux voyageurs. C'est en quelque sorte la vie de château sur le rail.

Après le départ, nous avons été conviés par M. Nagelmackers à un dîner préparé par un chef de premier ordre. Le menu, gastronomique, nous proposait des huîtres, un potage aux pâtes d'Italie, un turbot sauce verte, un poulet chasseur, un filet de bœuf pommes château, un chaud-froid de gibier, une salade, une crème au chocolat et des desserts variés. Nous avons vite compris à quel point l'Orient-Express, véritable salon mobile, était un moyen rapide et agréable de se déplacer en jouissant d'une authentique vie de société. Ce sentiment s'est d'ailleurs affirmé au fil des heures, au cours des conversations ou des repas pris ensemble à la lueur orangée des petites lampes à gaz.

Ainsi avons-nous traversé l'Europe.

À chaque frontière, nous avons changé de locomotive et pour le passage des Alpes, il en a fallu deux,

1. Actuellement gare de l'Est.
2. Aux États-Unis, Pullman en avait déjà mis en service dans ses trains dès 1868.

l'une à l'avant et l'autre à l'arrière car l'Orient-Express représente tout de même la modique charge de 101 tonnes !

Lorsque nous avons quitté l'Allemagne, nous n'avons plus rencontré que des mains tendues pour serrer celles des Français. Et notre passage en Hongrie fut éblouissant. Toutes les gares y sont si charmantes avec leurs gracieuses vérandas couvertes de vigne vierge. Nous nous sommes éveillés totalement dépaysés en découvrant des maisons basses, des bœufs aux longues cornes et aux couleurs délavées. Puis la forêt succéda à la plaine ; à la lisière nous avons croisé trois hommes en redingote et bottés, marchant, un violon sous le bras. Les gens qui vivent sous des climats cléments trouvent ces bottes très pittoresques, mais ici comme chez nous, à Saint-Pétersbourg, tout le monde porte des bottes car leurs routes, comme les nôtres, sont détrempées par la pluie une bonne partie de l'année, quand ce n'est pas la neige.

À Szeged, nous avons été accueillis à l'arrêt du train par les notes vibrantes et fougueuses de la Marche de Rákóczy. Les quais n'étant pas encore complètement achevés, par la portière nous apercevions des Hongrois conduisant fièrement debout, comme s'il s'agissait de chars romains, des voitures à deux chevaux lancées à vive allure. Puis les tziganes sont montés dans le train, encore une très délicate surprise de M. Nagelmackers qui, sous sa barbe noire, affichait un sourire satisfait. Sans discontinuer, ils ont joué pendant près de trois heures.

Si le but de l'Orient-Express est d'atteindre Istanbul, l'itinéraire a encore besoin de quelques aménagements car, faute d'avoir obtenu la concession au-delà du Danube, le train a dû s'arrêter après Bucarest. Là, nous avons franchi le fleuve en bateau jusqu'en Bulgarie, où nous attendait un train spécial devant nous transporter jusqu'aux rives de la mer Noire.

La dernière étape de notre voyage fut une traversée agitée à bord d'un vapeur austro-hongrois, l'*Espero.* À notre arrivée se trouvait déjà sur le pont une foule de pauvres gens couchés par terre, emmitouflés dans des couvertures. Au petit matin, tous les passagers de l'Orient-Express se sont dirigés vers le pont pour ne pas manquer l'entrée du Bosphore. »

Désormais, comme son aïeule et comme tous voyageurs du monde, Anna rêvait de s'engouffrer enfin dans ce train et de voir Constantinople devenue Istanbul[1].

Kaï et Anna arrivèrent à leur tour dans la capitale turque, par avion cette fois-ci. Les enchaînements de l'histoire, le sort des hommes, la destruction des empires, les desseins de la Providence ne tardèrent pas à s'identifier aux souvenirs de leur propre destinée. Sur la colline Pera, le château des Mille et Une Nuits de la Turquie décadente, le Pera Palace, l'hôtel légendaire de l'Orient-Express, surgit de la brume.

« Un lieu si baroque, si délirant, si kitsch », dit Anna.

Les premiers soirs de printemps, l'air y est d'une

1. En bon diplomate, l'aïeul d'Anna, le colonel Nazartchouk, envoya un télégramme chiffré à l'attention des autorités russes en décrivant son voyage. Et, en 1892, le tsar Alexandre III, très impressionné par l'Orient-Express, encouragea les capitaux français à entreprendre la construction puis l'exploitation d'une ligne de chemin de fer à travers la Russie. Ainsi naquit la saga du Transsibérien.

fraîcheur humide qui se pose doucement sur toutes les couleurs et les rend plus lumineuses et plus semblables les unes aux autres[1].

Tout y est l'essence même de l'Orient : les vins d'Anatolie, le thé, ces dizaines de délicieux petits plats qui composent l'originalité gastronomique de l'Empire ottoman ; les boiseries noires, les coupoles, les moucharabiehs, les lustres et leurs lourdes chaînes, les vitrines remplies d'aiguières d'argent, de porcelaines et de faïences. Les cent quarante-six chambres du Pera Palace sont imprégnées des rêves d'Atatürk[2]. La chambre 101 est un musée à la gloire de l'inventeur de la Turquie moderne qui mit fin à la déliquescence de l'Empire. Ce courageux officier, fin politique, désirait européaniser son pays, et en finir avec le voile dont les femmes musulmanes se couvraient le visage. L'interdire eût provoqué un tohu-bohu général. Il ordonna donc que les prostituées, qui traditionnellement allaient tête nue, portent le voile. Désormais les autres femmes évitèrent de se couvrir les cheveux. Ainsi fut réglée l'affaire.

Mais plus d'un fantôme hante le Pera Palace, lieu qui doit son existence à ceux qui fréquentèrent l'Orient-Express, comme Pierre Loti, Mata Hari, Trotski, Hemingway, Sarah Bernhardt, Greta Garbo…

Anna et Kaï s'installèrent dans la chambre 114 où séjourna Agatha Christie. Cette chambre recèle un mystère qui n'a pas fini d'inspirer biographes, cinéastes

---

1. Le Pera Palace offrait l'été à ses clients sa succursale située au bord du Bosphore, le Therapia Palace, qui bénéficiait d'une température plus clémente pendant les grosses chaleurs.
2. Mustafa Kemal pacha.

et voyantes extralucides. En 1926 en effet, la romancière, en visite à Istanbul, disparut pendant onze jours. Jamais elle n'expliqua cette absence qui, à l'époque, plongea ses proches dans une vive inquiétude. Quelques années après la mort de la créatrice d'Hercule Poirot, des producteurs américains voulurent mettre sa vie en images. Ils s'adressèrent alors à une voyante célèbre afin d'en savoir davantage sur cette mystérieuse disparition. Celle-ci obtint de la défunte une communication : la solution de l'énigme tenait à une clé de huit centimètres dissimulée dans le mur de sa chambre. Et on découvrit la clé ! Le nouveau propriétaire du Pera Palace qui, quelques années auparavant avait acquis l'hôtel en décrépitude, vit là l'opportunité de collecter l'argent nécessaire à la rénovation des bâtiments. Il vendit la clé à la Warner et obtint la promesse que le film serait tourné au Pera Palace…

À travers les ruelles de la ville aux sept collines couronnées de mosquées à coupoles, Anna se remémorait le *Voyage en Orient* de Gérard de Nerval, au temps pas si lointain où Istanbul s'appelait Constantinople. À la vue de la foule bigarrée, les paroles du poète lui semblèrent prophétiques. « Ville étrange que Constantinople. Splendeurs et misères, larmes et joies… »

La population turque est en effet issue d'un brassage millénaire et s'est enrichie d'apports culturels extérieurs nombreux lors de l'expansion ottomane. Les Turcs, originaires d'Asie centrale, firent connaissance avec les Arabes au VIIe siècle au moment où la civilisation arabo-musulmane était à son zénith ; devant l'ampleur et la grandeur de celle-ci, ils adoptèrent la religion musulmane à partir du Xe siècle. Au XIe siècle, ils pénétrèrent en Anatolie et fondirent le premier État turc, l'Empire seldjoukide. En 1453, avec la prise de Constantinople, commença l'apogée de l'Empire ottoman. Cet empire (dont le territoire s'étendait sur l'ensemble de l'Anatolie, l'Irak, la Syrie, le Liban, une grande partie de la péninsule arabe, l'Égypte, la Libye, la Tunisie et l'Algérie) était multiculturel et multiracial.

Constantinople

Les premiers voyageurs de l'Orient-Express se plaisaient à mentionner l'adage : « Si tu veux la richesse, va aux Indes ; si tu aspires à la science, va en Europe, mais si tu désires contempler la splendeur impériale, rends-toi dans l'Empire ottoman. »

Les mythes ne constituent pas un menu pan de l'histoire ; ils en sont le socle même. Constantinople devenue Istanbul, capitale de l'Empire ottoman, a certes nourri en quatre siècles quelques clichés, comme les danses du ventre érotiques ou les sublimes mets orientaux qui font la joie des convives raffinés. Cependant, Istanbul reste une capitale magique, ne serait-ce que par ses souks, ses dédales et surtout son histoire insolite peuplée de sultans, de beys, de harems.

Durant la seconde moitié du XIXe siècle, le padichah (grand-roi) ou sultan ottoman, continuait de jouir d'un prestige incomparable. Constantinople était alors l'une des villes les plus grandes et les plus cosmopolites du monde. C'était également le centre politique, culturel, et des affaires de l'ensemble du Proche-Orient et des Balkans. Cet empire dynastique se définissait non pas par sa géographie ou par son identité nationale, mais par l'étendue des pays conquis par ses sultans. L'Orient-

Express traversait d'ailleurs une bonne partie de ces territoires.

Le concept monarchique était si fortement ancré dans l'Empire que tous ses habitants étaient qualifiés d'Ottomans, du nom même de la dynastie régnante (un peu comme si les sujets autrichiens s'étaient tous appelés Habsbourg). La plupart des Ottomans tiraient fierté de ce nom, car ils étaient convaincus de la grandeur et de l'ancienneté incomparables de leur empire. Au Moyen Âge la maison d'Osman avait donné des souverains puissants à la fois en Europe et en Asie, à une époque où les Bourbons et les Habsbourg n'étaient que des princes de second ordre.

Le sultan exerçait une entière autorité sur ses sujets. Il n'était pas seulement sultan mais également calife (serviteur des deux lieux saints)[1] et gardien des reliques du Prophète et de ses compagnons, reliques que l'on peut encore voir au palais de Topkapi, l'ancienne résidence des souverains ottomans. Mais peu avant l'inauguration de l'Orient-Express, ceux-ci avaient abandonné Topkapi au profit d'un vaste palais à l'italienne édifié sur le Bosphore, affirmation monumentale de splendeur impériale qui contient probablement la plus grandiose salle du trône d'Europe.

La vénération qui entourait le sultan ressortait pleinement de l'attitude que courtisans et ministres observaient en sa présence. Dans la salle du trône les officiers de la garde impériale conservaient une apparence des plus soumise, prenant toujours soin de faire face au sultan, tout en tenant les yeux baissés et cela quel que

1. La Mecque et Médine.

soit l'endroit de la salle où il se trouvait. Même le grand vizir, deuxième personnage de l'État, qui jouissait d'un pouvoir et d'un prestige sans équivalent en Europe, se prosternait devant lui.

L'aïeule d'Anna notait dans son journal : « Istanbul abrite des musulmans de toutes conditions, de toutes origines géographiques et parlant toutes les langues, et, pourtant, rien n'y semble étranger et l'on y trouve tout ce que l'on peut souhaiter dans n'importe quel pays. »

Comme l'Empire ottoman lui-même, Constantinople se trouvait donc déjà au carrefour de l'histoire : l'Europe s'y mêlait à l'Islam, et le passé au présent. Cependant, si l'Orient-Express reliait alors la capitale ottomane à celles du reste de l'Europe, on continuait à vendre des esclaves dans certains de ses quartiers.

Les dernières modes de Paris ou de Vienne y côtoyaient les costumes traditionnels du Caucase ou des Balkans. La moitié de la population turque portait encore le turban et les vêtements flottants du passé, l'autre moitié le fez. Cinq calendriers différents y avaient simultanément cours : le musulman, spécialement dressé par la Sublime Porte (appellation des bureaux du grand vizir jusqu'à la chute de l'Empire) ; le calendrier chrétien « ancien », en usage chez les orthodoxes orientaux et les Arméniens ; le « nouveau » calendrier chrétien, utilisé par les Européens et les catholiques locaux ; enfin, le calendrier juif.

Les premiers voyageurs de l'Orient-Express furent prompts à constater que la situation de l'Empire ottoman avait changé ; l'arrière-grand-père d'Anna avait d'ailleurs fort à faire car le conflit russo-turc était récent. En avril 1877, les armées russes avaient pris position sur les rives de la mer de Marmara, à seize kilomètres seulement de Constantinople, et frappaient dans les Balkans et au Caucase. La Syrie était en pleine effervescence et l'on put croire que l'Empire ottoman allait s'effondrer. Mais la Grande-Bretagne était alors déterminée à le sauver, dans la mesure où il faisait obstacle à la puissance russe. Un compromis fut cependant trouvé au congrès de Berlin. Ainsi les traités signés en avril 1878 diminuèrent-ils de moitié les possessions ottomanes en Europe, cédèrent à la Russie des territoires en Anatolie orientale, et Chypre à la Grande-Bretagne. Cependant l'Empire ottoman demeurait, en fin de compte, la principale puissance du Proche-Orient et des Balkans. Mais, plus que ses propres armées, l'hostilité de Londres et de Paris envers Saint-Pétersbourg et le souci européen d'un équilibre des puissances avaient sauvé l'Empire d'un démantèlement pur et simple.

L'Orient-Express devint un élément important de cet imbroglio géopolitique sous le règne d'Abdülhamid II[1].

L'inauguration de ce train mythique donna au sultan l'occasion d'affermir son autorité. Il déclara devant une assemblée de sénateurs et de députés que désormais au lieu de tenter de promulguer des réformes « par la persuasion ou par des mesures libérales », il entendait les imposer : « C'est ainsi et pas autrement que je peux faire progresser les peuples dont Dieu m'a confié la charge. »

La personnalité du sultan Abdülhamid, il est vrai, était si forte qu'il domina toute une génération. Attentif

1. 1842-1918.

à sa réputation auprès des Orientaux comme des Européens, il accorda d'avantage d'audiences que ses prédécesseurs et au début de son règne, tout au moins, il apparut plus fréquemment en public. De prestigieux voyageurs de l'Orient-Express évoquèrent son sens de l'humour « à la fois très fin et inattendu », « ses manières parfaites » et sa capacité à « mettre à nu les hommes et leurs pensées ». Ainsi le prince héritier d'Allemagne, Guillaume, appréciait-il de dîner avec le sultan et, après le repas, de jouer Schumann au piano avec un de ses fils. Il décrivait sa rencontre avec lui comme « une des plus intéressantes qu'il lui ait été donné de faire avec un prince étranger ».

Et, tandis que l'Empire avait besoin du soutien de la Grande-Bretagne, l'épouse de l'ambassadeur britannique n'eut qu'à ouvrir la bouche pour voir ses moindres souhaits exaucés. Ayant loué le pain, le lait et les oiseaux chanteurs du sultan, elle reçut trente cages de ces oiseaux, trois vaches laitières et on lui apporta chaque jour du pain frais de la boulangerie impériale.

Mais, à l'instar de la plupart des souverains orientaux de cette époque charnière, le sultan était doté d'une double personnalité : ouvert à un modernisme intelligent, c'était aussi un tyran taraudé par la peur. Alors qu'il demandait à l'ambassadeur anglais l'autorisation de chercher protection sur un navire de guerre britannique, il recula, terrorisé, lorsque le diplomate s'approcha de lui. L'appréhension semblait en effet être le seul motif qui faisait agir le sultan. Abdülhamid gardait en effet sur lui des pistolets chargés et imposait en son palais d'extraordinaires mesures de sécurité. La classe dirigeante lui inspirait tant de défiance qu'aucun

Turc, ou presque, n'osait fréquenter de près des étrangers ni inviter à dîner ses compatriotes en trop grand nombre. Craignant également son armée, le sultan n'autorisa jamais celle-ci à effectuer de grandes manœuvres qui auraient réuni un trop grand nombre de soldats en un même point au même moment. La suspicion influençait aussi son attitude à l'égard de la technique moderne. S'il s'intéressait néanmoins à la photographie et à toutes les nouveautés venues d'Europe, de Puccini à l'Orient-Express, il se méfiait de l'électricité. De peur qu'elle ne serve à des actes terroristes, il en interdit l'usage à Constantinople, à l'exception des hôpitaux, des ambassades, et de ses palais[1].

Craignant pour son trône – inquiétude justifiée au regard du sort de ses deux prédécesseurs déposés –, il concentra le pouvoir entre ses mains. Le sultan s'entêtant à ne rien déléguer de son autorité, il était fréquent que des décisions prises par ses ministres restent dans des tiroirs des mois entiers, voire pour toujours.

Pour les classes évoluées de l'Empire, son règne fut donc celui de la terreur. Celle-là même qui s'abattit sur les Arméniens avec lesquels l'aïeul d'Anna était en contact puisqu'ils étaient les traditionnels alliés de la Russie. La plupart d'entre eux vivaient en Anatolie orientale et désiraient obtenir l'indépendance. Le sultan réagit avec une telle férocité que périrent des centaines de milliers d'Arméniens. Sa réputation et, dans une certaine mesure, celle de l'Empire ottoman ne s'en relevèrent jamais.

1. Ce qui ne manqua pas de faire dire aux mauvaises langues que ce monarque « maintenait, au sens propre, son peuple dans l'obscurité ». Voir Philippe Mansel, *Splendeurs des sultans*, Balland, 1990.

Pendant trente ans, son palais constitua le centre du monde pour le sultan et ses sujets. Édifié à la lisière de Constantinople, c'est le dernier grand palais du monde islamique. Il se compose d'une série d'édifices dispersés dans un parc. À l'origine, c'était un kiosque ou pavillon d'agrément, dont la construction avait commencé dans les années 1830. Abdülhamid s'y installa en 1877.

Yildiz devint alors une véritable petite cité. De même qu'il faisait davantage confiance à un chrétien comme médecin personnel, le sultan s'entoura de gardes arabes et albanais de préférence aux Turcs qui avaient des liens avec la population locale. En tout, environ mille cinq cents gardes et quelque deux mille courtisans et serviteurs vivaient sur les lieux.

L'ensemble comprenait le *Grand Mabeyn* où se traitaient les affaires de l'État, le chalet et les pavillons de l'Étoile pour les réceptions ; le *Petit Mabeyn*, demeure du sultan ; la fabrique de porcelaine, destinée à fournir des cadeaux aux souverains amis ; un café, où le maître des lieux devait payer ses propres consommations ; un théâtre, où l'on donnait pour les invités sortant de dîner, des pièces françaises ou des concours de lutte turque ; un arsenal, une bibliothèque, un observatoire, une école pour les princes, ou encore une serre, un hammam, un musée, une galerie de tableaux, deux mosquées, quatre écuries pour les superbes purs-sangs arabes du sultan, des ateliers, des casernes, et bien sûr le harem. Sa décoration obéissait au style plein de grâce et de légèreté appelé ottomano-italien (l'architecte et le peintre officiels du sultan étant tous deux italiens) [1]. Les bâtiments

1. Raimondo d'Aronco et Fausto Zonaro.

étaient entourés de cinquante hectares de jardins où l'on avait multiplié les essences rares.

Les premiers passagers de l'Orient-Express purent visiter le lieu où travaillaient les secrétaires impériaux[1]. Comme dans la plupart des palais d'Europe au XIXe siècle, toute personne correctement vêtue pouvait y avoir accès. Les secrétaires se tenaient assis dans les pièces imprégnées d'odeurs de nourriture et de café. L'idée d'utiliser une table pour écrire n'étant venue à personne, on en trouvait certains, les jambes repliées sur des fauteuils, avec leur encrier périlleusement placé sur les accoudoirs. D'autres, accroupis à même le sol, mangeaient avec les doigts en puisant dans de grands plats posés sur des tables basses ou s'accordaient une sieste dans un coin. Là se traitait l'énorme correspondance entretenue par le sultan avec les gouverneurs, les généraux, les ambassadeurs ; de là aussi, les innombrables espions attachés à son service envoyaient leurs rapports.

L'arrière-grand-père d'Anna, ministre plénipotentiaire de Russie durant sept ans à Constantinople, connaissait bien ces subtilités. Avec son crâne rasé et son habit à ceinture brodée, le diplomate était même devenu célèbre dans les quartiers de Pera et de Beyoglu. Sous son impulsion, les fêtes de l'ambassade avaient repris un certain faste, comme pour conjurer l'histoire en train de se faire ; le champagne coulait à flots et les fumoirs ne désemplissaient pas. Il aimait ce luxe oriental et ne dédaignait pas de fumer le *kalyan*, la pipe à eau où l'on brûlait ce tabac exquis et fortement par-

1. Le *Grand Mayben*.

fumé dont les marchands d'Istanbul gardent jalousement le secret. Le couple de diplomates adorait lancer les modes. Lors d'un de leurs voyages, ils avaient par exemple imaginé de faire décorer la voiture restaurant de l'Orient-Express de quelques bougies aux délicats parfums d'épices, dont la lumière rosée était douce au teint des femmes.

La présence de princes vassalisés, comme le khédive d'Égypte ou le prince de Bulgarie – que l'étiquette ottomane ne plaçait d'ailleurs guère au-dessus des gouverneurs de province –, prouvait que l'Empire était encore prépondérant.

En juillet 1908, le sultan ayant donné son aval à la révolution des Jeunes-Turcs, ses sujets furent désormais admis à la cérémonie. Semblait alors s'ouvrir une ère nouvelle de liberté et de bonheur pour l'Empire. À la même époque, les arrière-grands-parents d'Anna quittèrent Constantinople, toujours à bord de leur train favori, et cela une année après que l'Orient-Express eut été bloqué par la neige en Turquie. Ils y revinrent régulièrement, constatant d'année en année l'évolution de la situation et la dégradation de l'esprit impérial ottoman.

Ce vent de modernité épargna cependant longtemps les harems. Parallèlement aux cours masculines d'Orient, il existait des cours de femmes appelées harems, mot arabe signifiant « sacré » ou « interdit ». Qui entrait au service du harem des sultans ottomans devait « renoncer à tout contact régulier avec la ville et faire montre de la plus grande discrétion ». Un tel renoncement n'était toutefois pas nécessaire puisque la plupart des résidents du harem y étaient entrés enfants et étaient peu au courant du monde extérieur ; leurs habitantes étaient souvent des esclaves étrangères sans aucune racine locale.

L'approvisionnement en esclaves des monarchies orientales reflétait la prééminence de Constantinople. Car on pouvait là se procurer les plus belles Circassiennes au teint laiteux du Caucase, souvent destinées par leurs parents ou leur seigneur à l'esclavage. Ainsi, par exemple, lors d'un voyage en Russie, le shah de Perse ordonna-t-il à son ambassadeur à Constantinople d'acheter deux Circassiennes et de les lui envoyer sur-le-champ. Ce phénomène se perpétua en dépit du rapprochement avec l'Europe jusqu'aux années vingt du XXe siècle, prouvant la permanence et l'indépendance des traditions ottomanes.

En 1900, d'après les registres officiels, il y avait entre quatre cents et cinq cents esclaves, circassiennes pour la plupart, attachées aux différents membres de la maison impériale. Vivant dans un monde clos, elles possédaient leur propre vocabulaire, en partie circassien, en partie turc. Elles avaient également leur style de cuisine, qui disparut presque totalement de la Turquie républicaine. Le harem ottoman possédait son propre orchestre féminin, qui arborait des uniformes de hussard en velours rouge foncé. Il rivalisait avec l'orchestre masculin du sultan, et pouvait jouer tout aussi bien des airs d'opéra européens que de la musique turque traditionnelle. Le harem constituait donc un univers à part. Ses occupantes ne voyaient jamais d'hommes, hormis le sultan ou leurs parents les plus proches, autrement qu'à travers un voile. Lorsqu'elles assistaient à certaines cérémonies, c'était d'une galerie qui dominait la salle du trône derrière des moucharabiehs. Leur grand responsable était le chef des eunuques, l'un des fonctionnaires les plus importants de l'Empire. Les eunuques et les esclaves, se trouvant dans l'impossibilité physique ou légale de nouer des relations en dehors de la Cour, donc avec des gens qui ne dépendaient pas directement du monarque, faisaient pour ainsi dire partie de la famille. Ils étaient si fiers de la confiance placée en eux par leur maître qu'ils se sentaient supérieurs aux serviteurs ordinaires[1].

Certains esclaves et eunuques de la maison impériale étaient attachés à la personne du sultan et aux princes de la dynastie. La plupart, cependant, étaient au service de la hiérarchie féminine, dont la tête était la *sultane validé*, ou mère du sultan, la femme la plus importante de l'Empire. Après elle venaient les filles ou petites-filles des sultans, dont l'ordre de préséance, comme celui de leurs frères, était déterminé par l'âge. Les épouses du sultan, ou ses favorites, n'étant pas considérées comme des personnages royaux, se trouvaient beaucoup plus bas dans la hiérarchie.

La structure de la dynastie ottomane plaçait le sultan au-dessus de tous et traitait de manière égale les autres membres de la dynastie. À l'inverse de ce qui se passait dans les monarchies européennes, ni l'épouse du

---

1. En 1903, à la cour ottomane, il y avait cent quatre-vingt-quatorze eunuques noirs, en service ou à la retraite. Ils avaient, pour la plupart, été capturés au Soudan et châtrés avant d'être vendus, et beaucoup avaient été envoyés comme cadeaux au sultan par le khédive, le chérif de La Mecque ou des gouverneurs de province. Après la suppression de la cour ottomane, en 1924, quelques eunuques furent recrutés par le bey de Tunis ; d'autres fondèrent un club et vécurent ensemble à Constantinople de leurs économies.

souverain, ni l'héritier, ni les parents les plus proches ne bénéficiaient d'un statut particulier. Ceci évitait les conflits entre souverains et héritiers, l'accession au trône de mineurs et les lignées de cousins frustrés du pouvoir, tout ce qui avait causé tant de ravages dans les monarchies européennes.

La belle époque

Les excentricités de l'Orient allaient peu à peu s'estomper. Le temps des harems touchait à sa fin. Le capitalisme allait changer la face du monde. Dans l'euphorie de la Belle Époque, l'exploitation ferroviaire affirmait un succès grandissant, lorsque survint la mort de Georges Nagelmackers, le 10 juillet 1905. Quelques mois auparavant, le 24 février, s'ouvrait la voie souterraine du Simplon, tracée sous des glaciers de 3 600 mètres. Ce tunnel ferroviaire – à l'époque le plus long du monde – allait donner à l'Orient-Express et au trafic européen un essor spectaculaire.

Ancienne voie romaine, la route du Simplon, très empruntée par les pèlerins aux XVIIe et XVIIIe siècles, est celle d'un col aux confins du Valais et du Piémont. En 1800, la route, abandonnée et peu praticable, s'imposa à Napoléon Ier comme un passage capital. Et, de 1801 à 1807, il faisait construire la première route convenable des Alpes[1]. Un demi-siècle plus tard, des deux côtés du massif, fut étudiée la possibilité d'y faire passer les trains. Alors que la nécessité d'une voie ferroviaire

1. Un bilan particulièrement impressionnant pour l'époque : près de 10 000 ouvriers, 60 kilomètres de long, 611 ponts et des incursions sous la roche, en tunnel, longues de 500 mètres.

était chaque jour plus évidente, une série de difficultés essentiellement financières et en partie techniques paralysa néanmoins le projet pendant près de quarante ans. Finalement, Suisses et Italiens réalisèrent la jonction des galeries en février 1905.

Constatant à chaque voyage à bord de l'Orient-Express de nouvelles améliorations, l'arrière-grand-mère d'Anna notait en 1913 :

« Le confort des voitures-lits s'est encore perfectionné : les fenêtres sont munies d'aérateurs à lames de verre mobiles et les lanternes à gaz incandescent sont équipées d'une veilleuse, alors qu'auparavant il fallait masquer la lampe par un rideau, ce qui était dangereux. Enfin, le lit supérieur peut être relevé, disparaissant ainsi lorsque le compartiment n'est occupé que par un seul voyageur[1]. »

À cette époque, le célèbre roman *La Madone des sleeping* [2] annonçait les premières manifestations de la libéralisation de la condition féminine. La femme n'était plus confinée dans un rôle effacé. Non seulement le roman, la technique, mais le décor et même la mode changèrent. Les femmes, la journée, portaient des jupes plissées avec des manches amples, des chapeaux surchargés de plumes et de fleurs. Gazes, voiles, mousselines étaient de mise. La taille était prise dans un corset qui faisait ressortir la poitrine. Les boutons et le laçage se trouvaient dès lors dans le dos, les femmes de chambre étant là pour tirer sur le corset ! Les hommes

1. En 1913 existait un service quotidien Paris-Budapest, Belgrade-Sofia et Constantinople, et trihebdomadaire entre Budapest-Bucarest et Constanta.

2. Maurice Dekobra, 1925.

portaient le veston le matin, la redingote et la jaquette l'après-midi. La moustache bien lissée (la barbe étant le privilège des intellectuels), le col empesé, les bottines pointues et le jonc à pommeau d'or faisait partie de l'uniforme de rigueur avec le huit-reflets. Et le soir, à bord de notre train mythique, les femmes arboraient des robes de velours ou de soie, des chaussures à talons Louis XV, des gants blancs et très ajustés, des bijoux en abondance des cheveux aux chaussures ; les hommes, l'habit (le smoking étant à peine toléré). La place des invités à table était arrangée selon un protocole très précis. Les repas étaient longs et abondants. On vous servait deux potages, deux entrées, deux rôtis, deux volailles (ou venaisons), deux légumes, deux entremets, tout cela accompagné de sept à huit vins par repas.

En cette année 1913, en dépit de ceux qui allaient précipiter les uns contre les autres les peuples européens dans la boucherie la plus sanglante de l'histoire, toute l'Europe était parcourue par des ondes nouvelles, par une recherche esthétique, intellectuelle et scientifique qui étendait ses ramifications jusqu'aux États-Unis, s'ouvrant aux cultures noires et extrême-orientales[1].

---

1. Einstein élabora la théorie de la relativité. À Vienne, Freud était en pleine activité. Kandinsky peignait en Allemagne. Tandis que Kafka écrivait à Prague et Maïakovski à Moscou, James Joyce rédigeait *Ulysse* ; le futurisme naissait en Italie avec Marinetti. En linguistique, Saussure, le cercle de Prague et celui de Moscou commencèrent à entreprendre des travaux révolutionnaires.

Le train de la fin des empires

Une date dans l'histoire de l'Europe et de son train : le 28 juin 1914, l'archiduc François-Ferdinand était assassiné dans l'ancienne cité ottomane de Sarajevo. Ainsi fut lancé le coup d'envoi de la Première Guerre mondiale. Sur la dernière photographie de l'archiduc avant sa mort, certains officiels arboraient encore le fez.

Si le sultan turc Abdülhamid se flattait que son pays fût « toujours innocent » de toute alliance, l'Empire ne s'en trouvait pas moins dans une situation désespérée, les puissances européennes se montrant très rapaces. Les Turcs cherchèrent alors un allié puissant. Tout au long de l'été et de l'automne de 1914, alors que les empires européens étaient immobilisés sur les champs de bataille, le gouvernement ottoman hésita. Finalement, en octobre, contre la volonté de la plupart de ses pairs, Enver Pacha, le ministre le plus pro-allemand, décida d'attaquer des objectifs russes dans la mer Noire en utilisant ses nouveaux navires de guerre. Cette décision provoqua l'entrée en guerre de la Turquie aux côtés de l'Autriche et de l'Allemagne, engendrant à terme l'effondrement de l'Empire ottoman et la fin de la stabilité au Proche-Orient.

La Première Guerre mondiale toucha directement l'Orient-Express car la succession ottomane se joua autour de son tracé. C'était en partie la poursuite de la lutte entre les empires russe et austro-hongrois pour s'assurer la domination de régions dans les Balkans, au détriment des Turcs. Pourtant Constantinople ne s'intéressait plus guère aux Balkans et aurait pu demeurer neutre dans le conflit.

Un nouveau chapitre de la saga de l'Orient-Express s'ouvrait. Les Allemands élaborèrent même des plans gigantesques de l'extension du réseau. Ces projets furent bien accueillis en Orient car aux yeux de la plupart des dirigeants de la région, plus que des protecteurs craints ou détestés, la Grande-Bretagne, la France et la Russie représentaient de véritables ennemis. En comparaison, l'Allemagne apparaissait comme amicale, avec un Kaiser jouissant de la réputation d'être « le seul souverain européen animé de sentiments favorables à l'Islam ».

En entrant dans la guerre en 1914, le gouvernement ottoman proclama la guerre sainte, au nom du « serviteur des deux villes saintes, calife des musulmans et commandeur des croyants », appelant tous les mahométans à se rallier au trône impérial. Mais l'appel resta sans réponse. Même s'il y eut des cas de résistance de masse à la conscription en 1916, la plupart des musulmans de l'Empire russe servirent fidèlement le tsar.

Ce fut Londres qui décida de jouer une carte tenue en réserve depuis le début du XIXe siècle, en s'appuyant sur les Hachémites, les chérifs et émirs de La Mecque[1].

---

1. Depuis 1517, même si leurs rapports avaient périodiquement connu des phases de tension, ceux-ci reconnaissaient l'autorité du sultan ottoman.

En 1894, les Ottomans ayant réaffirmé leur autorité sur les provinces arabes, le sultan « invita » le chérif Hussein et ses fils[1] à venir résider à Constantinople. Mais la tension monta d'un cran entre les sujets arabes de l'Empire et le gouvernement dont la « turquisation » allait croissant. Et le plan ottoman de l'extension des réseaux du chemin de fer de l'Orient-Express jusqu'au Hedjaz menaçant l'autorité du chérif au cœur même de ses domaines fut la goutte d'eau qui fit déborder le vase. Ainsi, pendant l'été 1915, défiant Constantinople, celui-ci commença-t-il à entretenir une correspondance avec le haut commissaire britannique au Caire…

Désormais, les dés étaient jetés.

1. Ali, Abdallah et Fayçal.

Lawrence d'Arabie

En cet été 1915, à bord de l'Orient-Express à destination de Bagdad, voyageait un homme blanc, muni d'un pistolet Mauser, d'un appareil photographique et accoutré d'une manière singulière. Sa tenue, passée à la postérité, était composée d'une chemise d'étoffe finement tissée et largement échancrée, d'un short blanc retenu à la taille par une ceinture kurde dont les glands rouges attachés sur la hanche gauche proclamaient sa qualité de célibataire. Contrairement aux autres passagers, Lawrence, tel était son nom, s'abstenait de boire du vin et de l'alcool. Autre particularité, il parlait la langue des Bédouins et prétendait mener la même vie qu'eux : « Les Arabes exercent un attrait particulier sur mon imagination », écrivait-il.

Mais qui était réellement ce Lawrence d'Arabie ?

Un bluffeur ? Un espion ? Un traître ? Ou, comme le disait Winston Churchill, l'un des plus grands princes que la nature ait créés ?

« Je ne suis pas de ceux que l'on peut résumer en trois mots », déclara un jour Lawrence de lui-même. Il n'est guère facile, en effet, de résumer l'extraordinaire destin de ce passager de l'Orient-Express, énigmatique et trop souvent critiqué, qui fut tour à tour archéologue, chercheur, agent de renseignement, chef de guerre, diplomate, auteur, et, avant tout, l'âme de la révolte des Arabes contre l'Empire ottoman et leur libérateur.

Thomas Edward Lawrence naquit le 16 août 1888 au pays de Galles. Il allait souffrir toute sa vie de l'illégitimité de sa naissance, son père ayant quitté l'épouse qui lui avait donné quatre filles pour s'installer avec la gouvernante de celles-ci, dont il aurait cinq fils.

Dès son enfance, le jeune Lawrence surprit ses proches par son intelligence : à peine âgé de deux ans il apprenait l'alphabet simplement en écoutant son frère aîné le réciter ; à six ans, il commençait à étudier le latin. Durant ses premières années, la famille Lawrence voyagea beaucoup et séjourna même quelque temps en France, avant de se fixer, en 1896, à Oxford où les parents comptaient donner une solide formation à leurs enfants. Le jeune Lawrence était déjà un garçon assez solitaire, aussi son père lui avait-il fait construire, au fond du jardin, un pavillon pour qu'il puisse s'isoler, lire et rêver. N'ayant que des frères, il fut dès l'enfance habitué à se passer de la présence des femmes et sa timidité à leur égard se transforma très vite en une véritable aversion. Une seule représentante du beau sexe trouva grâce à ses yeux, la célèbre voyageuse Gertrude Bell, qui traversa plusieurs fois le désert toute seule[1].

Un épisode allait bouleverser la vie de Lawrence, alors âgé de seize ans. Au cours d'une bagarre avec l'un de ses camarades pendant la récréation, il se fractura la jambe mais attendit courageusement la fin des

1. Elle deviendrait son conseiller politique à Bagdad.

cours pour se plaindre. Cet accident, qui l'immobilisa de longs mois, eut pour effet d'arrêter sa croissance, fixant sa taille à 1,64 m.

Ne pouvant plus rivaliser avec ses camarades dans les activités sportives, il décida de compenser son infériorité physique par quelque action d'éclat qui forcerait l'admiration. « Je suis un hercule de poche », disait-il amèrement. Il se passionna alors pour l'histoire ancienne et l'archéologie, et se livra à ses premières fouilles. Au cours de ses vacances, il s'adonnait à de longues randonnées à bicyclette en Anjou, en Bretagne, au pays de Galles, avec toujours pour but de visiter les châteaux forts et d'étudier l'architecture militaire[1].

Durant ses années de formation, il se lia avec le conservateur adjoint puis avec le conservateur d'un musée archéologique[2], qui s'employa par la suite à favoriser chaque étape de sa carrière.

Lawrence obtint alors une bourse afin de pouvoir se joindre à la mission archéologique anglaise qui effectuait des fouilles sur la rive droite de l'Euphrate. Mais auparavant, voulant se perfectionner dans la langue du pays, le jeune homme s'installa près de Beyrouth, à l'école de la Mission américaine, pour poursuivre des cours d'arabe, commencés à Oxford.

Malgré la passion qu'il vouait à son activité archéologique, Lawrence était convaincu d'avoir à mener une autre mission. Laquelle ? En s'engouffrant dans l'Orient-Express, il ne le savait pas encore. Mais la

---

1. Sa thèse de doctorat, « L'influence des croisades sur l'architecture militaire européenne », fut récompensée à l'unanimité par la mention très bien.
2. David G. Hogarth.

situation à l'époque prêtait à toutes les aventures. Le vieil Empire ottoman commençait à craquer de toute part, l'Allemagne, l'Angleterre et la Russie n'attendaient que sa chute pour bondir sur son cadavre. En 1914, peu avant la déclaration de guerre, Lawrence effectuait une prospection du désert du Sinaï. Mais ce voyage d'étude archéologique servait en fait de couverture aux travaux d'un officier du génie, chargé d'établir la carte de la région en prévision d'un conflit éventuel avec la Turquie. En juin, il participait à une nouvelle mission. Cette fois, il s'agissait d'effectuer des repérages sur la ligne de chemin de fer Berlin-Bagdad, pour un projet alternatif à l'Orient-Express. Le 2 août 1914, alors que la Turquie, alliée de l'Allemagne, prenait les armes contre l'Angleterre, la révolte arabe devenait tout à coup un facteur important de la stratégie britannique.

Le roi non couronné d'Arabie

L'heure avait sonné pour Lawrence. Quatre mois après le déclenchement des hostilités, il se retrouvait au Caire où il était affecté conjointement au service de renseignements et au service cartographique de l'armée d'Égypte. L'accueil qu'on lui réserva, relaté par l'un des officiers présents à son arrivée, fut pour le moins glacial : « Je vis apparaître à la porte de mon bureau un petit freluquet incroyablement fagoté, qui dansa plus qu'il ne marcha pour entrer dans la pièce et qui m'expliqua ce qu'il venait faire, d'un air à la fois goguenard et embarrassé. Après son départ, les officiers du service se demandèrent, ahuris, si ce clown était naturellement grotesque, ou s'il le faisait exprès. »

Le 21 mars 1916, fut créé l'Arabe Bureau, rattaché au service du renseignement britannique et auquel Lawrence obtint d'être affecté en octobre, après s'être rendu insupportable à ses chefs. Quelques jours plus tard, au début du mois d'avril, il était chargé de rallier Bassora à bord d'un train bien moins luxueux que l'Orient-Express, afin de soudoyer le commandant turc pour l'amener à lever le siège d'une bourgade où une garnison anglaise était encerclée ou, à tout le moins, d'accepter les termes de la reddition de celle-ci. Cette première mission d'importance se solda par un échec. Lawrence songea alors à fomenter une révolte locale, mais il se heurta à un veto absolu de l'état-major anglais. Son heure n'était pas encore venue…

Envoyé sonder les quatre fils du chérif Hussein (chef des armées arabes dressées contre la domination turque, comme nous l'avons vu plus haut), il tomba rapidement sous le charme de l'émir Fayçal, troisième fils d'Hussein, devinant aussitôt qu'il était l'homme providentiel.

Le 10 juin 1916, date décisive dans l'histoire du Proche-Orient moderne et de l'Orient-Express, le chef hachémite lançait la révolte et se proclamait roi des territoires arabes[1]. Cette révolte changea la carte géopolitique de la région et donna la possibilité d'imaginer de nouveaux tracés pour l'Orient-Express. Avec l'aide de la Grande-Bretagne et de l'Égypte, les forces hachémites – organisées par Lawrence et conduites par Fayçal, immobilisèrent un grand nombre de soldats ottomans à Médine et en Syrie. Les troupes de Constantinople abandonnèrent respectivement Bagdad et Jérusalem aux Anglais, en mars et en décembre 1917. Il n'y eut cependant aucun soulèvement arabe en Syrie et en Irak contre la Sublime Porte ni de désertions massives des soldats arabes de l'armée du sultan.

Les Empires russe, puis allemand et austro-hongrois effondrés, ce fut le tour de l'Empire ottoman. Après l'armistice, Constantinople poursuivit une politique ouvertement pro-Alliés, persuadée que c'était le seul moyen de sauver quelque chose du naufrage.

---

1. La France et la Grande-Bretagne ne lui reconnurent que le titre de roi du Hedjaz.

Le massacre de plus d'un million d'Arméniens par l'armée turque en 1915-1916 fut parfaitement occulté et même attribué au comité « Union et Progrès », dont les chefs avaient trouvé le salut dans l'exil, emmenés par un navire de guerre allemand en novembre 1918[1].

À partir de cette même date, les armées britannique, française, italienne et grecque prirent le contrôle de la capitale. Les Grecs abandonnèrent le symbole de leur allégeance, le fez, et obligèrent les Turcs à saluer le drapeau grec. L'Orient-Express recommença partiellement à fonctionner.

En 1919, des milliers d'Arabes demeurés loyaux à l'Empire ottoman quittèrent Constantinople pour rejoindre les États nouvellement créés de Syrie, d'Irak et de Palestine.

Les Turcs étaient vaincus et démoralisés, et pour beaucoup, menacés de mourir d'inanition. Le verre était si rare que des photographes vendaient leurs plaques de contact pour en faire des fenêtres. Les mois suivants, tous les membres de la dynastie, à l'exception des épouses ou des veuves, devaient quitter le pays. Ils s'éparpillèrent entre Nice et Alexandrie. Un des fils du sultan, qui avait combattu avec bravoure pendant la Première Guerre mondiale, dut vendre ses dents en or pour payer ses dettes et finit par se suicider.

Désormais, plus que les rois, les commerçants européens allaient utiliser l'Orient-Express.

Les techniciens européens avaient construit des voies dérivées du chemin de fer mythique jusqu'à Médine.

---

1. De nos jours en Turquie, quiconque évoque ce génocide est passible de dix ans de prison.

En 1924, la signature du traité de Lausanne officialisa la reconnaissance de la République turque par les États occidentaux. Commença alors une ère républicaine, période unique et sans précédent, synonyme de transformation radicale et de mutation du peuple turc. Mustafa Kemal, figure emblématique de cette période, poursuivit et approfondit l'occidentalisation du pays entamée dès la fin du XVIIIe siècle, dédaignant les mondes arabe et perse, puisque l'Occident représentait à ses yeux « la civilisation contemporaine » [1]. Peu de ruptures avec le passé ont été si totales.

Les habitants non turcs de la République partirent progressivement ; à la différence de la Constantinople d'avant 1924, Istanbul était devenue une ville presque exclusivement turque. Les Russes blancs se réfugièrent en nombre dans la ville, réalisant finalement – bien que d'une manière fort différente de celle qu'ils auraient pu imaginer – le vieux rêve tsariste d'atteindre Constantinople. Certains ouvrirent des champs de courses, des restaurants, des cliniques, d'autres totalement démunis furent autorisés à dormir dans les écuries.

Les arrière-grands-parents d'Anna et leurs deux filles prirent eux aussi le chemin de l'exil en fuyant la révolution bolchevique et gagnèrent Istanbul, cette fois-ci par la mer, via la Crimée. À l'issue de ce voyage périlleux, ils furent accueillis par un vieil ami, un Russe arrivé avant eux, qui les attendait avec leurs visas et des billets pour l'Orient-Express à destination de Paris.

---

1. Mustafa Kemal et ses compagnons rompirent avec la loi religieuse (charia) et firent adopter les codes européens en les traduisant. Les Turcs abandonnèrent la polygamie et durent se marier à la mairie.

La visite de la capitale turque fut brève car le train n'attend pas. Celle qui allait être quelques années plus tard la grand-mère d'Anna, Zina, était au bord des larmes, désolée d'avoir à partir encore. Le peu qu'elle avait vu d'Istanbul l'avait fascinée. Sur le quai de la gare, l'ami de la famille prit un bout de sa grande écharpe en soie blanche pour essuyer les larmes sur ses joues pâles. Il marqua un temps et la passa gentiment autour du cou de la jeune fille qui frotta son nez comme un chaton sur la douce étoffe imprégnée du parfum de cuir de Russie. L'homme sourit et lui prit le visage entre ses mains pour un baiser ému et paternel, puis lui remit un élégant panier.

— Pour la route, mes amis, dit-il. Non, pas de merci entre nous. Dieu vous bénisse tous les quatre.

Nos exilés s'engouffrèrent dans l'Orient-Express avec pour seuls bagages les quelques vêtements achetés à la hâte afin de remplacer les fripes dont ils étaient accoutrés.

Malgré leur manque d'argent, l'aïeul d'Anna avait fait une folie en réservant leurs places en première classe. Les femmes n'avaient guère protesté : elles comprenaient que c'était sa façon de leur promettre un avenir meilleur. Dans la double cabine les filles s'émerveillaient des riches placages de bois, du moelleux des tapis, des appliques en pâte de verre et des mignonnes lampes de chevet. Les parents s'amusèrent de les voir s'essayer à prendre l'air digne et blasé de voyageuses aguerries devant le maître d'hôtel à boutons dorés venu s'assurer que tout était à leur convenance.

Pour faire patienter son petit monde en attendant que le train s'ébranle, le père ouvrit le panier où les gourmandises de la Russie éternelle, cornichons, confitures, thé et gâteaux, accompagnaient un ravissant service de pique-nique pour quatre. Leur dévoué ami y avait même ajouté du champagne pour faire bonne mesure.

— Gardons ces bonnes choses, dit-il, ce soir, belles dames, je vous invite au wagon-restaurant.

Plus il les regardait, plus il était fier de son trio. Sa femme, si belle et si noble dans son ensemble de voyage tourterelle, la brune jeune fille vêtue de roux comme un écureuil qui était déjà, à seize ans, tout le portrait de sa mère, et la blonde sa sœur, en bleu, dans tout l'éclat de ses dix-huit ans. Quoi qu'il ait laissé derrière lui, il avait emporté l'essentiel, sachant qu'il les sauvait d'un destin pire que la mort.

Le train s'enfonçait à toute vapeur dans la grisaille, laissant derrière lui les couleurs de l'Orient. Dans la journée, la double cabine redevenait un petit salon où les soins attentifs du maître d'hôtel ne laissaient jamais la théière vide. Ce voyage était l'occasion de douces retrouvailles après ces années d'épreuves et de terreur. Les aïeux d'Anna racontèrent alors à leurs deux filles leurs belles années passées à Paris.

— C'est au Louvre que nous nous sommes rencontrés. Sur les conseils de mon professeur de dessin des Beaux-Arts, j'y passais mes après-midi avec mon carnet de croquis. Ce jour-là un homme se tenait là, à mes côtés, et me souriait aimablement en me tendant ma gomme à fusain qui avait roulé sur le parquet ciré ! Le lendemain, il était encore là et tous les autres jours. Nous ne nous quittions plus. C'est lui qui m'a fait découvrir les salles égyptiennes du Louvre. Puis il m'a demandée en mariage. Il m'a donné à lire Baudelaire, Lautréamont, Mallarmé, mais surtout, il m'a fait découvrir Paris, qu'il connaissait comme sa poche. Le Paris de François Villon et de Verlaine, mais aussi le Paris des artistes, des Halles, celui des passages et des jardins, celui des églises et des musées.

— Tu oublies de leur dire que j'avais une bonne longueur d'avance sur toi, protesta joyeusement le vieux diplomate égayé par ces souvenirs heureux. Figurez-vous que j'avais séjourné une première fois à Paris lorsque j'avais accompagné mon père, l'un des artisans de l'alliance franco-russe. J'ai même eu la chance d'assister à l'inoubliable banquet. Notre escadre ayant mouillé en rade de Toulon, nous avons pris le train pour Paris avec quarante-deux officiers. L'accueil fut triomphal. Il y avait même des gens perchés dans les arbres pour mieux nous voir. Il y eut des réceptions à l'Élysée, à l'ambassade, au ministère des Affaires étrangères, un feu d'artifice au Trocadéro. On nous fit visiter la Ville lumière : c'est là que j'ai eu la première vision des Halles, « le Ventre de Paris ». Les banquets se succédaient : il y eut un déjeuner de cinq cent soixante-quatre couverts commandé à la maison Potel & Chabot et servi dans la salle des fêtes de l'Hôtel de Ville. Sur la place, deux nefs censées représenter l'alliance militaire franco-russe, que nous étions venus négocier portaient des chœurs qui chantaient des hymnes à la gloire de nos deux pays.

J'ai ainsi pu contempler mon père en grand uniforme, autour des grandes tables alignées sous le Palmarium du Jardin d'acclimatation. Pour finir, il y eut une soirée de gala à l'Opéra. J'avais d'ailleurs gardé le numéro de *L'Illustration* qui représentait ce fameux banquet », conclut-il, envahi soudain par la *nostalguia*.

Allaient-ils retrouver le parfum de liberté qui les avait si bien enivrés à vingt ans ? Pour eux, Paris avait été une fête. Le théâtre romantique et heureux de leur amour naissant. Ils parlaient à présent des marronniers du jardin du Luxembourg, de l'odeur particulière des cheminées de Paris, du reflet irisé des nuages sur la Seine.

Le train filait à travers une plaine en friche, poursuivi dans les courbes par un panache de fumée grisâtre. Zina l'aînée, plus artiste encore que sa mère qui depuis longtemps ne dessinait plus, regardait par la fenêtre du compartiment le ciel couvert de nuées charbonneuses, se demandant si elle aurait jamais à nouveau le désir de peindre des nuages. Silencieuse, elle prit son carnet de croquis dont elle ne se séparait jamais et entreprit de copier les volutes raffinées du sigle de l'Orient-Express. Si la destination ne lui convenait guère, le nom de ce train majestueux la ravissait. L'Orient l'attirait. Sa main caressait la soyeuse écharpe blanche : un jour, elle repartirait vers la Corne d'Or, vers Istanbul et ses mystères.

La nuit était tombée quand l'Orient-Express entra dans la gare parisienne. L'immense verrière était obscurcie par la suie et des jets de vapeur fusaient au-dessus des quais comme l'haleine brûlante des monstres de métal. Étourdies par le vacarme, les odeurs et l'agitation ambiante, les jeunes filles plissaient le nez. Tous les quatre s'engouffrèrent alors dans un de ces taxis qui avaient remplacé les fiacres dans Paris, pour se rendre dans un hôtel du Quartier latin où les aïeux d'Anna avaient jadis leurs habitudes. La blonde Zina ne séjourna que peu de temps avec sa famille à Paris et s'en alla vivre chez une tante à Prague où elle obtint une bourse pour ses travaux linguistiques. La jeune fille ne tarda pas à rencontrer celui qui allait devenir son époux, Anatole, un archéologue, russe lui aussi.

Les années folles

La durée du trajet Paris-Constantinople était de quatre-vingt-seize heures en 1920. En 1926, il ne durait plus que soixante-dix heures, et en 1930, cinquante-sept heures. Lorsque les usines eurent terminé la construction de la première voiture métallique et qu'il fallut la faire passer à l'atelier de peinture, on hésita à reprendre l'ancienne couleur brune des voitures en teck. Le chef d'atelier s'en ouvrit à sa direction qui en saisit le président de la compagnie. Celui-ci, ancien chasseur alpin, préconisa tout simplement la couleur bleu foncé rehaussée des galons d'or de l'uniforme qu'il avait aimé porter. Ces nouvelles voitures décorées de bois d'acajou et de peuplier ornés de marqueteries comportaient seize places réparties en compartiments. En 1925 sortirent des ateliers les premiers wagons-restaurants métalliques à 42 et 56 places, construits suivant le même principe et également de teinte bleue. Ainsi furent constituées des rames complètement homogènes.

L'Allemagne vaincue, l'Empire austro-hongrois éclatait pour donner naissance à de nouveaux États qui forgeaient entre eux de nouvelles alliances. L'Italie rejoignit le camp des Alliés, l'État yougoslave nouvellement créé, la Roumanie souhaitant se rapprocher des pays occidentaux.

Paris et Londres percevait tout l'intérêt stratégique d'un grand train international pouvant relier l'Europe au Proche-Orient en court-circuitant les pays germaniques. Il suffisait d'utiliser les lignes suisses, italiennes, autrichiennes et hongroises aboutissant à Belgrade, point commun de passage avec l'Orient-Express.

Les représentants des nations alliées se réunirent du 18 au 26 mars 1919 à Paris pour la création du nouveau grand express international[1].

La conférence de Paix à Versailles devait accélérer la mise en marche de ce nouveau train de luxe. Ainsi fut mis en marche le Simplon Orient-Express[2].

Si politiquement ce fut une action visionnaire pour sceller l'unité de l'Europe, commercialement, ce n'était guère rentable. De plus, que de difficultés rencontrées ; les pays traversés troublés, les grèves italiennes, l'insécurité dans les Balkans, les tensions intérieures en Turquie…

Néanmoins, ce réseau complexe dans lequel étaient impliqués de nombreux pays fonctionnait[3].

---

1. Le projet aboutit très rapidement, en raison des inquiétudes provoquées par le soulèvement révolutionnaire en Hongrie qui stoppa le train militaire Paris-Vienne-Budapest-Bucarest sur son parcours hongrois.

2. Reliant Londres, Calais (ou Boulogne), Paris et l'Orient, suivant l'itinéraire : Vallorbe-Lausanne-Simplon-Milan-Venise-Cervignano-Trieste-Ljubljana. Dès la fin de l'année 1919, il atteignait d'une part Bucarest, d'autre part Zagreb et Belgrade. En 1920, il parvenait jusqu'à Sofia et Constantinople, puis Salonique et Athènes.

3. Jusqu'en 1939, le Simplon Orient-Express circulait tous les jours dans les trois directions : branche turque, Calais-Paris-Milan-Belgrade-Nis-Constantinople (3 342 km) ; branche hellénique,

Entre deux cataclysmes, la Première Guerre mondiale et la crise des années 1930, la jeunesse fut prise d'une frénésie de vivre. L'Orient-Express devint alors le porte-drapeau d'une soif de jouir avec une morale légitimant le plaisir, et une façon nouvelle de goûter à la vie.

Mistinguett, avec ses « belles gambettes » et sa voix éraillée, y dansait et chantait *Paris, reine du monde* ; même répertoire, accent et gouaille faubouriens dans sa réplique masculine, Maurice Chevalier, avec sa lippe et son canotier, y chantait en 1921 : *« Dans la vie, faut pas s'en faire, moi je n'm'en fais pas. Ces petites misères seront passagères, tout ça s'arrang'ra ! »*

Des « couples » célèbres s'affichèrent également dans ce train mythique, comme Cocteau et Radiguet, Diaghilev et Lifar.

Démodées la valse et la mazurka. Les passagers de l'Orient-Express s'abandonnaient à de nouveaux rythmes. Il y eut d'abord le langoureux flamenco et le tango, vieille danse du folklore andalou, danse mauresque adoptée par les Gitans et exportée en Argentine. Puis, des États-Unis arrivèrent, vers 1925, le one-step et le fox-trot, bâtards curieux de la danse et des pas de gymnastique. Mais surtout se déchaînèrent les rythmes syncopés du jazz, les danses saccadées du folklore noir américain. La première, le charleston, fut lancée à Paris

---

Paris-Milan-Belgrade-Nis-Salonique-Athènes (3 170 km) ; branche roumaine, Paris-Milan-Vincovci-Timisoara-Bucarest (2 667 km) ; et qui, en outre, comportait les ramifications suivantes (avec voitures-lits directes) : Ostende-Istanbul (via Bruxelles-Vienne-Budapest-Belgrade) ; Berlin-Istanbul-Athènes (via Breslau-Budapest-Belgrade) ; Prague-Istanbul (via Galanta-Budapest-Belgrade).

par Joséphine Baker, la danse faite femme, avec son corps sculptural.

Et, tandis que dans les compartiments de l'Orient-Express, on entendait chanter : « *Non contentes de s'faire couper les cheveux, elles nous font voir leurs mollets, jusqu'en haut, jusqu'en haut, s'il vous plaît* », les femmes arboraient des robes du soir aux généreux décolletés, laissant le dos nu jusqu'à la taille et ne dissimulant les seins que partiellement. Corset, dessous vaporeux et froufroutants qui déformaient la silhouette avaient disparu. Dans une direction opposée, une mode asexuée, androgyne, domina en 1924-1925 avec des robes sacs gommant la poitrine, les hanches et les fesses (ce qui n'était pas du goût du grand couturier Poiret, qui, lui, refusait de faire ressembler les femmes à de « petits télégraphistes sous-alimentés »).

Habits et cheveux raccourcis, celles-ci dissimulaient leur visage jusqu'aux yeux, sous des chapeaux en forme de cloche. La partie visible était abondamment maquillée : rouge à lèvres, fard à joues et paupières, poudre de riz, rimmel. Sans oublier lourds pendentifs et sautoirs de perles, vraies ou fausses, longs fume-cigarettes, vernis à ongles rouge qui s'harmonisait si bien avec le décor des voitures de l'Orient-Express. L'élégance masculine elle aussi s'aéra. Le veston triompha de la redingote, le soulier plat de la bottine, le chapeau mou du melon, du haut-de-forme et du canotier. Chemises et bonnets de nuit, caleçons longs, manchettes et cols en Celluloïd, moustaches conquérantes et barbes nobles disparurent. Visage glabre, cheveux plaqués, gominés étaient de rigueur.

Les conversations avaient également changé. On

exploitait alors les épithètes homériques, les métaphores fleuries ou les cocoricos chauvins ; on exaltait les dieux du ring, du stade et de la route ; dans les salons de l'Orient-Express on interprétait avec délectation ses rêves, on frissonnait et se gargarisait d'inconscient, de libido, de complexe d'Œdipe en un déferlement d'irrationalisme, de pessimisme et d'individualisme. À bord de l'Orient-Express s'opérèrent les interactions culturelles preuves de l'internationalisation de la vie. Au cours des dîners, l'ambiance était moins policée. Les barrières traditionnelles s'étaient écroulées, on s'inquiétait autant qu'on s'enflammait. On évoquait le désarroi, l'angoisse, bref, le nouveau « mal du siècle ». L'anticonformisme véhément faisait loi, la soif effrénée de vivre et d'aimer pulvérisait toutes les conventions sociales, les valeurs morales et culturelles établies, patrie, religion, famille, canons de beauté.

Au beau milieu de cet assemblage disparate et baroque de mots, de pensées, se forgea l'Art nouveau. Des meubles raffinés furent créés avec placage de bois précieux, marqueterie, incrustation, sur des thèmes divers, animaux, plantes, arbres, fleurs et lianes. Majorelle, pour les meubles, et les frères Daum pour la verrerie[1] subirent l'influence du verrier et céramiste Émile Galle et de l'école de Nancy, eux-mêmes inspirés par l'art japonais et extrême-oriental. Dans ses écrits, Émile Gallé mentionnait : « La nature est la grande inspiratrice de l'art ; non seulement c'est dans son observation que les artisans doivent chercher les combinaisons sur lesquelles ils établiront leurs motifs décoratifs, mais sa

1. Auguste et Antonin.

transcription, au moins dans les traits principaux, peut seule donner à l'objet sa beauté. » C'était en somme un style rocaille adapté aux temps nouveaux, une excroissance du baroque, car depuis des lustres, la nature a toujours inspiré les artistes. Un nouveau métier perça également à cette époque : décorateur. Ce qui était nouveau en particulier était l'union de l'architecte, du peintre, du sculpteur, du décorateur et de l'industriel. Ainsi l'Orient-Express fut-il une vitrine parfaitement représentative de cette association et de ce style. Le décorateur René Prou habilla les voitures de marqueteries de bois rares ou laques, de fauteuils, moquettes et lampes en bronze aux dessins exclusifs et confia à René Lalique, maître verrier, la conception de panneaux de verre moulé enchâssés dans des boiseries d'acajou de Cuba.

Les arrière-grands-parents d'Anna connaissaient très bien une des grandes figures de l'Orient-Express des années folles, Serge Diaghilev. Celui-ci reste le symbole d'un haut lieu mythique : Venise.

Après avoir lancé à Saint-Pétersbourg une campagne visant à ouvrir son pays aux courants artistiques d'avant-garde, ce Russe allait devenir, à Paris, le pygmalion des Ballets russes et effectuer une véritable rénovation de la danse. Révélateur de sensibilité et de talents, il ne fut jamais trompé par son instinct.

En transformant ses ballets en spectacles d'art complet, Diaghilev associa à la danse les grands artistes du moment.

Sensible à la beauté dans toutes ses manifestations, il possédait lui-même des dons incontestables en maints domaines, notamment en musique. Il pratiquait le chant et était grand amateur d'opéra, de théâtre, de peinture, de sculpture.

C'était un chef véritable, un dirigeant aux penchants de dictateur, qui connaissait sa valeur. Si le sourire ne quittait pas son visage, il émanait de lui une froideur et une fatuité immense. Il ne tolérait rien, ni personne, qui pût se mettre en travers de son chemin et rivaliser avec lui.

Il pouvait être charmeur et rebutant, enveloppant, cruel, désagréable puis cordial, dévoué et soudain incertain, exigeant et capricieux, audacieux jusqu'à l'insolence et l'arrogance, intime et cajoleur. Figure complexe, il savait louvoyer au milieu des intrigues, jalousies, calomnies et potins dont le monde artistique foisonne.

Le tsar des ballets parcourut le monde pour y apporter des frissons nouveaux. S'il ne prit jamais l'Orient-Express avec son danseur emblématique, Nijinski, il l'emprunta avec ses deux autres favoris, Massine et Serge Lifar.

Diaghilev était un organisateur habile, plein d'initiative, un travailleur infatigable qui savait stimuler les gens au travail, se servir d'eux en prenant d'eux juste ce qu'il fallait.

En 1914, Diaghilev emmena, selon sa coutume, son nouveau protégé, Massine, en Italie, à bord de l'Orient-Express. Le couple passa quelques semaines sans se quitter. Ce fut une fête permanente où la nature mariait la douceur de l'Italie à l'air marin.

Ce voyage allait changer non seulement les rapports entre les deux hommes mais surtout la carrière du jeune artiste.

Diaghilev prit un appartement à Florence[1]. Si les théâtres de marionnettes en plein air furent une révélation pour Massine, celui-ci fut également sensible aux paysages et à l'art italien. Dans les musées, qu'il visitait assidûment en compagnie du maître, Diaghilev l'encourageait à reproduire les poses et les mouvements des peintures italiennes.

Le directeur des Ballets russes savait faire s'épanouir les talents, les charmer, tout en les attirant. Sur le chemin du retour, tandis que l'Orient-Express filait à toute vapeur vers Paris, certain de l'avenir promis au jeune homme, il demanda à Massine de manière impromptue :

— Penses-tu que tu pourrais composer un ballet ?

— Non ! répondit d'emblée Massine.

Il marqua un silence. Son buste oscillait imperceptiblement au rythme des ressorts Pullman. Puis, le visage transformé, il se reprit :

— Si, je saurai créer un ballet ! Et je n'en créerai pas seulement un, mais beaucoup. Cent ! Je t'en fais le serment !

Massine créa en effet de nombreux ballets mais cet amour ne dura pas car Diaghilev savait aussi bien se séparer des gens sans pitié aucune.

Dans les Années folles, Diaghilev avait dépassé le seuil de la cinquantaine. Ses sautes d'humeur imprévisibles devenaient de plus en plus fréquentes. Sa joie de vivre légendaire avait disparu. Il refusait de laisser faire son portrait, évitant de se regarder dans les miroirs. Toujours entouré de jeunes gens, il souffrait de sa cor-

1. 4, vialle Torricelli.

pulence d'homme mûr, de ses fausses dents mal ajustées et surtout de son diabète mal soigné. Se bourrant de médicaments, il prisait aussi de la cocaïne. Plus superstitieux que jamais, il se déplaçait toujours avec une canne, de façon à pouvoir toujours toucher du bois.

De plus en plus maussade, il redoutait néanmoins la solitude, arguant : « Il m'est absolument nécessaire de faire l'amour trois fois par jour. » C'était sans doute une exagération, mais il était sûrement insatiable, et cela dans tous les domaines.

Dans les voitures de l'Orient-Express le menant à Venise, on pouvait observer la massive silhouette de Diaghilev semblable à celle d'un héros d'Oscar Wilde. Hantant les rives où Cocteau lui servait de gondolier, il était toujours encadré par ses lieutenants.

Ainsi les amants se succédèrent-ils, tous plus jeunes, plus beaux et plus ambitieux. Cependant Diaghilev ne perdit jamais son flair, pas plus que le rôle absolu qu'il exerçait sur les Ballets russes.

Son obsession, pour ne pas dire son idée fixe, était de trouver « un nouveau Nijinski ».

Les labyrinthes de sa vie sentimentale ont toujours poussé Diaghilev à être à la pointe des modes et des écoles.

Comme en cette année 1924… Une pluie froide tombait sur Paris. Les rues brillaient d'un éclat humide et la ville était sombre. On eût dit qu'un automne précoce avait aussi pénétré l'âme de Diaghilev, qui était assis dans les coulisses du Théâtre de Paris, emmitouflé dans sa pelisse. Courbé sur sa canne, il regardait la répétition du *Train bleu.* Son amie Gabrielle Chanel apparut soudain, lumineuse et agitée. Elle posa une main sur son épaule et, de l'autre, lui désigna un adolescent au visage de prince hindou, concentré à l'extrême sur l'invisible effort auquel il soumettait son corps parfait.

Arrivé depuis un an seulement de Russie, il n'avait encore qu'un petit rôle dans la Compagnie. Jean Cocteau, qui avait été le plus prompt à déceler les dons du jeune Serge Lifar, en avait fait part à sa couturière préférée. Chanel fut d'emblée séduite par le génie naturel, la beauté et surtout, par la volonté farouche qu'exprimait ce garçon de dix-neuf ans.

Mutine, elle déclara :

— Serge, voilà le danseur qu'il te faut.

— Ainsi, vous trouvez qu'il ne danse pas trop mal, votre filleul ? plaisanta Diaghilev avec une secrète fierté.

Picasso et une amie renchérirent.

— Le corps de ton petit danseur a des proportions idéales.

Le pauvre garçon s'était alors interrogé sur l'importance de remarques qu'il venait d'entendre. Il avait quitté la Russie soviétique avec un groupe de jeunes danseurs de Kiev, à peine formés.

Laissons-lui le soin de raconter sa première impression. « Après tout ce que nous avions vécu, il fallait à la fois l'inconscience et la passion de découvrir de la jeunesse pour supporter ces contrastes. Hier encore le monde soviétique derrière ses barbelés, le grand brouhaha de la route, la mort sans cesse présente et maintenant dans l'aube laiteuse et froide une inscription en grandes lettres blanches sur une plaque d'émail bleu, Paris-Gare du Nord. »

La magie des trains et des voyages semblaient d'ores et déjà entrer dans les rapports Diaghilev Lifar…

Le tsar des Ballets russes demanda aux nouveaux arrivants de leur parler de sa chère Russie. Mais la vie quotidienne au pays des soviets était loin d'être douce. La famine régnait, la police secrète de Lénine faisait sans cesse des rafles. Lifar évoqua le silence des rues endormies de Kiev, les rares piétons qui passaient sans hâte, les traits tirés et les habits en loques ; les fiacres disparus et le peu de tramways ; les maisons qui tombaient en ruines…

Tout à son récit, le jeune Serge se sentit néanmoins succomber au charme de son futur mentor : « Le trouble que j'éprouvais, écrivit-il dans ses mémoires, et qui m'empêchait de rien comprendre à ses paroles, fondit à la lumière de ses yeux étrangement clairs et jeunes. Maintenant il nous faisait parler. Il nous demandait nos impressions d'un pays que nous venions à peine de quitter et qui nous semblait déjà de l'autre côté du monde. »

Tandis qu'il écoutait, la mèche blanche se détachant de ses cheveux teints, Diaghilev laissa tomber son monocle. Son visage s'éclaira. Le directeur des Ballets russes adorait la jeunesse et pour lui il n'y avait pas de doutes : ces « revenants de Kiev » étaient là pour étonner l'Europe comme autrefois il l'avait fait avec ses premières saisons.

L'œil de velours du maître s'était posé sur le jeune danseur, et voilà que Serge Lifar n'était plus capable d'articuler le moindre mot tant « le tsar des Ballets » l'impressionnait. Et quand Diaghilev lui demanda ce qu'il savait faire, ses camarades durent répondre à sa place.

Quelques jours après cette étrange conversation, la

troupe partit en tournée à bord d'un train ordinaire, suivie du directeur des Ballets russes qui, bien sûr, avait pris l'Orient-Express. Lifar se préparait assidûment à l'examen qu'il devait subir.

Le jeune danseur espérait exécuter ses performances devant Diaghilev seul, mais il n'était qu'un numéro du corps de ballet et la troupe assista à sa prestation. Cependant, sans qu'il le sache, le maître l'avait déjà mis sous sa protection.

Désormais Lifar allait être un observateur perspicace de la personnalité de Diaghilev, nous en faisant connaître mieux que quiconque les colères slaves incontrôlées suivies de numéros de charme à toute épreuve.

Le jeune danseur loua une chambre rue de la Victoire. Le lieu étant trop exigu pour faire le moindre exercice, il descendait travailler sur le trottoir sous l'œil attendri des dames des maisons closes. Et le jeune danseur de s'appliquer davantage encore pour arracher les bravos de ce premier public à conquérir.

Il recevait huit cents francs par mois, juste de quoi se nourrir. De plus, il avait dû acheter l'uniforme que tous les artistes des Ballets russes portaient : culotte de golf noire avec cinq boutons sur les côtés, chemise blanche avec manches retroussées aux coudes, bas blancs et chaussons noirs (seuls les chaussons étaient fournis par l'administration).

Tout en continuant à donner les premiers rôles à son favori Dolin, le directeur du ballet commença, en sourdine, à mettre Lifar à l'épreuve. Ainsi lui confia-t-il le rôle de l'esclave mourant de *Shéhérazade*.

Le caractère passionnel de leurs rapports fut mis à l'évidence par un incident. Il était interdit aux danseurs de se trouver dans la salle pendant le spectacle. Violant cette règle, Lifar était assis avec Cocteau, Milhaud, Braque, Picasso, quand Diaghilev apparut. Rajustant son monocle d'un tic nerveux secouant tout le côté droit de son visage, il interpella son danseur d'un ton glacé :

— Si je ne me trompe, jeune homme, vous appartenez à la compagnie depuis un an. Vous devriez savoir que les places payantes sont réservées au public et non aux artistes de corps de ballet. »

Si Diaghilev était intransigeant, il savait aussi encourager son danseur.

Pendant une répétition de *Petrouchka,* Lifar improvisa le rôle du gamin à l'accordéon. Diaghilev l'applaudit alors avec ferveur :

— Je vous salue et vous félicite pour ce rôle. Car pour un artiste il n'y a pas de petit rôle.

Il faut dire que Lifar saisissait la chance à bras-le-corps, il travaillait avec acharnement, faisant des heures supplémentaires pour améliorer ses qualités de danseur. Fort de toutes ces performances, il ne parvenait pourtant toujours pas à établir une relation normale avec son patron et demeurait pétrifié ou même s'enfuyait dès qu'il lui adressait la parole. Et le jeune garçon de se languir en silence pour ce maître intouchable.

Le 20 juin 1924 eut lieu la première représentation du *Train bleu* au Théâtre des Champs-Élysées. Si Dolin y obtint un triomphe, cette soirée allait être inoubliable pour Lifar.

Avant la répétition générale, le jeune danseur rencontra Diaghilev.

— Je veux faire de vous mon premier danseur et y

arriverai, lança-t-il. Pour le moment, pas un mot à quiconque.

Ces mots allaient être décisifs pour la carrière artistique de ce danseur d'exception.

Fallait-il maintenant brusquer les choses ou attendre ? Hésitant, le jeune amoureux transi finit par demander un rendez-vous avec le directeur des Ballets russes.

La veille du grand jour, il ne parvint pas à dormir. À 11 heures, Diaghilev l'attendait déjà dans le hall de son hôtel, détendu, souriant avec bienveillance.

— Eh bien, qu'avez-vous à me dire ?

On apporta du thé. Et Lifar commença à balbutier :

— Je voulais, je voulais vous remercier… et vous dire adieu… Je pars la semaine prochaine…

— Fort bien. Et où comptez-vous passer vos vacances ?

Le danseur lâcha alors :

— Ce n'est pas pour deux mois que je pars, mais pour toujours… Je quitte la troupe.

Fidèle à lui-même Diaghilev entra dans une de ses mémorables crises de rage. Écarlate, il saisit un guéridon et le renversa dans un bruit épouvantable. Puis, sans se soucier des gens qui l'entouraient, il commença à hurler :

— Qu'avez-vous l'audace de me dire ?… Je vous fais venir de Russie ! Je vous apprends à danser ! Et maintenant que je compte sur vous, vous venez m'annoncer que vous vous en allez ! Vous avez dix-neuf ans, vous commencez tout juste à vivre. Je vous ai dit que vous pouviez devenir premier danseur. Vous vous trompez fort, si vous croyez l'être déjà. Tout votre avenir dépend de moi... Au fait, vous pouvez vous en aller. Je n'aime pas les ingrats... allez au diable !

Le jeune danseur en fut abasourdi.

Petit à petit Diaghilev se radoucit et se montra même aimable en lui octroyant une augmentation. Mais l'entêté persista :

— Non, je ne suis pas venu pour vous demander quelque chose, mais pour vous remercier et vous dire adieu, je vais entrer dans un monastère !

Cette perspective produisit un effet inattendu sur le directeur du ballet, qui laissa lourdement tomber sa tête sur la table et se mit à sangloter.

— Le voilà, le vrai Aliocha, hoqueta-t-il, car tu es Aliocha Karamazov, du roman de Dostoïevski, mon pauvre garçon. Pour cette ardeur naïve et folle, je tiens encore plus à toi ! Mais qu'y a-t-il ? Pourquoi t'enterrer vivant ? Pourquoi renoncer à la vie, à ton talent ?

En guise de réponse le jeune danseur commença à livrer à son patron ses doutes, ses appréhensions... Mais Diaghilev coupa court :

— Oublie ça. J'ai confiance. Ce n'est pas pour rien que je t'ai remarqué dès les premiers jours. Tu seras danseur. Je veux faire tout pour cela. Je veux un autre Nijinski.

Celui dont l'ambition avait tant plu à Chanel fut certes subjugué par ces mots magiques, mais il n'en perdit pas pour autant le sens de la réalité :

— Si vous croyez que je serai quelque chose, envoyez-moi en Italie, chez Cecchetti, le professeur de Nijinski et de Pavlova. Je veux faire cet essai. Si je ne réussis pas, tant pis !

Bien entendu, Diaghilev lui donna son accord. Durant les jours suivants, il l'équipa, lui achetant les meilleurs costumes, des livres et même un canotier à la Maurice Chevalier.

— Comme cela, je pourrai t'emmener dans l'Orient-Express !

Mais pour l'heure, il lui remit un billet pour l'Italie dans un train ordinaire et son passeport avec le visa. Le jour du départ, vers 5 heures du matin, un Diaghilev rajeuni, sa lourde canne à la main, vint en personne accompagner son jeune danseur à la gare.

— Recueille-toi, dit-il, tais-toi une minute… Et maintenant je te donne ma bénédiction.

Il fit sur le jeune homme un signe de croix hâtif puis, en s'éloignant ajouta :

— Apprends comme je veux… et danse comme tu peux et comme toi tu veux.

Lifar ne reçut la première lettre de Diaghilev que huit jours après son arrivée. Lui aussi était en Italie : « Je ne suis arrivé qu'hier à Venise et j'y ai trouvé votre gentille lettre. Je suis très heureux de toutes les choses que j'y apprends. Une seule me déplaît : que vous ne soyez pas satisfait de la table. Il est nécessaire que vous mangiez bien, faites-y attention. Écrivez-moi pour me dire si vous lisez, si vous avez déjà envoyé des livres à Paris pour qu'on vous les échange, si vous recevez les journaux (russes) ? Les leçons de trois heures, c'est évidemment un peu long, mais il faut battre le fer quand il est chaud, car vous n'avez pas beaucoup de temps. Je voudrais avoir de vos nouvelles. »

Diaghilev se souciait toujours de la formation de ses favoris, surtout dans les domaines de l'art de la danse et l'art de voyager. Une fois encore, c'était pour son art que Diaghilev avait choisi Lifar. Et si le directeur des Ballets russes avait réussi à transmettre tant d'inspiration à autrui, ce ne fut pas non sans épuisement pour cet homme d'une constitution stupéfiante.

Trois semaines plus tard, le jeune homme reçut un billet qui le fit bondir de joie : « Cher Serge. Je serai avec vous le mardi 29. Vous pourrez déjeuner à la gare et m'attendre ensuite. Je vous envoie aujourd'hui un mandat pour vos frais de voyage. Répondez immédiatement pour me dire que vous avez reçu cette lettre. J'ai bien reçu la vôtre, merci. »

Le jeune danseur accueillit son ami à sa descente du train. Pantalon blanc étroit et court (il ne lui arrivait qu'à la cheville), chaussures blanches, canotier qu'il levait fréquemment pour s'essuyer le front, veston noir et camélia à la boutonnière, monocle dans le gilet, Diaghilev s'appuyait sur sa canne, soufflant, remuant constamment la tête comme s'il avait voulu s'échapper de son faux col rigoureusement empesé (jamais, même en pleine canicule, il ne consentait à porter un col mou).

Lifar se donna corps et âme à son mentor, qui ne quittait plus ses pensées tant il était fasciné par sa personnalité exceptionnelle. Ainsi le processus d'éducation se répéta-t-il : visites aux galeries et aux musées, étude des reliefs et des poses de la sculpture classique. Le couple ne manqua aucun monument, aucun chef-d'œuvre. L'immense galerie Victor-Emmanuel, le Dôme, l'église Santa Maria delle Grazie, *La Cène* de Léonard de Vinci, la galerie Brera, la Scala, Diaghilev voulut que Lifar visitât toutes les splendeurs de cette ville inoubliable. Le jeune danseur était parfois fatigué par tant d'impressions neuves et n'osait pas toujours laisser apparaître ses sentiments, encore intimidé par son illustre compagnon.

Après cette escapade, Lifar retrouva tristement Turin. Il avait eu Diaghilev tout à lui, et il avait l'impression de l'avoir déçu, de lui avoir donné le sentiment de ne pas être à la hauteur de ses attentes.

Le danseur s'en ouvrit alors à son mentor dans une lettre. Quelques jours plus tard, il reçut cette réponse.

« Cher Serioja. Votre lettre me déplaît beaucoup. Il y figure une espèce de mélancolie et des points de suspension complètement inutiles. Mes impressions tout au contraire sont bonnes. Je crois qu'il vous est utile et même nécessaire d'apprendre à connaître de cette façon tout ce qu'il y a de plus beau, si vous voulez devenir un vrai artiste.

J'aurais beaucoup voulu vous montrer Florence qui fut à l'origine de l'activité artistique de Massine. C'est là qu'il a compris et senti ce quelque chose qui a fait de lui un créateur. J'espère que cela sera possible entre le 15 et le 20. Pour le moment je ne vous promets rien encore, je vous écrirai… »

Seul face à son travail, face à son destin, de nouveau dans une ville inconnue, Lifar ne voyait personne en dehors des leçons. Quand il en avait le loisir, il se promenait à travers la ville ou se plongeait dans les livres que Diaghilev lui avait recommandés avant son départ, les grands classiques russes, mais aussi les romanciers et les poètes contemporains ainsi qu'une étude sur le duel et la mort de Pouchkine et un superbe album sur les voyages en Orient-Express[1].

Cecchetti, son professeur, l'avait pris en amitié. Peu à peu, le danseur était devenu un familier de son foyer où il l'avait accueilli avec la plus grande générosité. Ce dernier lui avait prodigué d'utiles conseils : « N'oublie jamais, disait-il, que, dans cet art, il faut être persévérant et même un peu tenace ; toutefois, pas de fanatisme exagéré. De l'amour et de la volonté, mais jamais d'exagération. »

Le jeune homme promettait déjà beaucoup. Mince et beau, il avait de plus un tempérament facile, à l'inverse du difficile et bizarre Nijinski et, fataliste comme le sont souvent les Russes, il prétendait qu'« il devait en être ainsi et [que] c'était le destin qui le voulait ».

Un jour, il reçut un paquet de la part de Diaghilev. Il attendit avant de l'ouvrir, prolongeant avec joie des délices imaginaires.

Qu'est-ce que cela pouvait être ? Quelques colifichets, des cravates ? Non… des livres d'art.

« Je vous demande d'étudier – écrivait Diaghilev – ces reproductions très sérieusement, afin de comprendre la différence qui existe entre les divers maîtres de Florence, de n'y être pas tout à fait en pays étranger. Vous emporterez les brochures avec vous. Écrivez-moi si elles vous sont parvenues, ainsi que vos chaussons de danse. Je suis content que vous alliez souvent chez le

---

1. Une photo sur laquelle figurent Marlène Dietrich et Jean Marais est devenue emblématique des trains de la Compagnie internationale des wagons-lits. En réalité, elle a été prise sur la maquette de présentation du Train Bleu.

maestro et que vous l'aidiez dans son jardinage. C'est une occupation bien fleur bleue. »

Cette attention n'eut pas sur le moment le succès escompté et exaspéra même le jeune homme. Encore et toujours, seul le travail semblait avoir une importance pour Diaghilev. À travers ses larmes, il regardait les opuscules sans y comprendre grand-chose. Tout lui semblait identique. Il ne parvenait pas à distinguer clairement un style ou une école. Les visages magnifiques peints par les grands maîtres d'autrefois semblaient le regarder avec hostilité, désapprouvant cette rébellion. Cependant la colère tombée, il s'y appliqua pour ne pas décevoir son mentor. L'exercice n'était pas facile, Lifar n'avait pas l'habitude des efforts intellectuels. De plus, les commentaires de ces livres étaient rédigés en italien, or ses connaissances en cette langue étaient encore très limitées.

Diaghilev continuait à le tracasser : « Avez-vous bien reçu les brochures ? Vous ont-elles intéressé ? Écrivez-moi longuement et en détail. »

Quand Lifar se décida enfin à lui écrire, il utilisa la même tactique psychologique qu'au moment de son départ pour l'Italie. De nouveau il brusqua les choses afin de provoquer une explication décisive.

En retour, il reçut le télégramme suivant :

— Liquidez tout à Turin. Soyez mercredi soir hôtel Cavour avec tous vos bagages.

Il ne fut pas difficile pour le jeune garçon d'abandonner ce qu'il possédait dans sa médiocre demeure, pour ainsi dire rien. La seule chose qu'il pouvait alors regretter était l'amitié de Cecchetti, ce vieux maître admirable, passionné par son art et la technique du ballet.

Le jeune homme en prit congé « comme un fils ».

À peine Lifar eut-il rejoint Diaghilev à Milan que le couple partit pour Venise. Ils descendirent de l'Orient-Express au moment magique où la lumière était en train de changer, transformant les couleurs prononcées de la peinture du jour en gravure, soulignant les lignes précises du crépuscule. Tutoyant Lifar pour la première fois, Diaghilev prononça alors ces mots qui allaient entrer dans les annales des grandes histoires d'amour du XXe siècle :

— Veux-tu que nous prenions un fiacre, une gondole ?

Ébloui par le charme de cette gare dont on sort pour presque tomber sur la mer, le jeune homme choisit bien sûr la gondole… En maître du non-dit amoureux, Diaghilev se mit à rire. Un couple de jeunes aigles planait haut dans le ciel. Les deux oiseaux volèrent un moment côte à côte d'un même battement d'ailes, puis virèrent à l'unisson pour aller se poser sur la cime d'un arbre.

Admirant ce double symbole de puissance, de liberté et d'acuité, Serge Lifar se demanda s'il devait y voir un heureux présage. Sa jeunesse et la passion qui l'habitait le portèrent à le croire. C'était le 20 août 1924. « Un bleu profond se reflétait sur la surface noire du Grand Canal qui murmurait à peine », raconta Serge Lifar dans ses mémoires. Il y avait dans l'air cette douceur, paisible, pure et contemplative qui caractérise souvent les grands rendez-vous d'amour. Tout paraissait charmant au jeune homme, tout d'abord Diaghilev lui-même, qui était devenu « un doge de Venise, fier et heureux ».

Ils restèrent cinq jours à Venise durant lesquels le

sourire ne quitta pas les lèvres du directeur des Ballets russes. Réconforté par le doux soleil de l'Italie, il aimait à s'asseoir place Saint-Marc, à une table du Café Florian, s'y sentant comme chez lui. Toujours par superstition, il ne permettait jamais à son favori de passer entre les deux colonnes de la « Piazzetta ». Sa joie de vivre fut si communicative que son jeune compagnon comprit qu'il avait trouvé en Diaghilev un ami sûr.

En bon élève, Lifar commença alors à s'intéresser davantage à ce qu'il lui montrait. Le couple erra au gré des canaux et des ruelles. Le jeune homme se baignait au Lido, mais Diaghilev, lui, ne se baignait pas car, « pour rien au monde il ne se serait montré nu » – à l'opposé de son beau compagnon.

De Venise, ils firent un court pèlerinage à Padoue, petite cité aux venelles étroites, ornées de portiques. Lifar y fut conquis une fois pour toutes par l'art italien. « Devant les fresques de Giotto, écrivit-il, nos deux âmes se rejoignirent dans un seul élan vers la beauté. »

À Padoue, Diaghilev ressentit une piété particulière pour saint Antoine qu'il considérait comme son patron (il portait toujours une médaille à son effigie dans l'une des poches de son gilet). Ce fut agenouillé sur la tombe du saint qu'il déclara à son amant combien il croyait en son avenir artistique et lui fit le serment de le protéger.

En pygmalion accompli, Diaghilev savait inculquer à ses amants l'association insolite de l'élan artistique et du sentiment passionné. Et le jeune homme allait désormais ne vivre que pour le ballet, n'ayant qu'une chose en tête : être digne de son mentor. Il prit alors vraiment plaisir à se cultiver pour se rapprocher de lui, « pour sentir, penser aussi profondément que lui ».

Le directeur des Ballets russes était heureux de lui prodiguer ses encouragements :

— Je ne doute plus maintenant d'avoir gagné mon pari. Je sais que tu seras bientôt chorégraphe des Ballets russes. J'ai hâte de te voir à l'œuvre, d'être fier de toi et de moi-même.

La jalousie marqua bien entendu aussi les relations de Diaghilev et Lifar. Et, quand après leur escapade à Venise, le directeur des Ballets russes descendit de l'Orient-Express accompagné de ses amants précédents Anton Dolin et Boris Kochno, Lifar comprit immédiatement qu'« une muraille vivante » allait se dresser entre lui et son maître. C'en était fini des entretiens en tête à tête.

Une rivalité coriace allait s'installer entre Lifar et Boris Kochno. Celui-ci, en effet, n'était pas uniquement le secrétaire particulier du directeur des Ballets russes mais également un influent homme à tout faire, presque une éminence grise. Ce garçon, intelligent et beau, prompt et rusé, avait su circonvenir Diaghilev et ne voulait pas voir un concurrent détruire son influence. Aussi s'efforçait-il d'écarter Lifar ou au moins de le tenir à distance. Diaghilev, quant à lui, n'était pas exempt de jalousie. La célèbre ballerine Mathilda Kchessinskaïa raconta la nuit de la Pâque russe du 2 mai 1926 dans sa villa du cap d'Ail[1] sur la Côte d'Azur, où elle avait invité Serge Diaghilev et sa troupe.

1. La Villa Alam (Alam est Mala, le diminutif de Mathilda, écrit à l'envers).

La table pascale avait été dressée, chargée d'œufs peints de toutes les couleurs et de mets succulents. Après le repas, on se mit à danser. Serge Lifar, quelque peu éméché, entreprit de faire la cour à une ballerine[1]. Diaghilev fut prompt à mettre très fermement fin au flirt :

— Jeune homme, vous êtes semble-t-il un peu trop gai ! Il est temps de rentrer à la maison !

Le couple repartit pour Venise à bord de l'Orient-Express, afin d'effacer cet épisode…

Effectivement, la politique constante de Diaghilev était également d'éloigner ses élus de la compagnie des femmes. Ce n'était pas seulement par jalousie mais par tactique, il pensait que les femmes détournaient ses « créations » de la danse, qu'elles les étouffaient et « suçaient le meilleur de leur vitalité ». Avec l'absolutisme de l'artiste, il gardait essentiellement en vue l'Art. Lui-même, pourtant, ne put jamais s'empêcher de courir les garçons (son dernier protégé sera un jeune musicien russe âgé de dix-sept ans, beau et doué[2]).

La troupe au complet ne tarda pas à s'apercevoir du changement qui s'était opéré : de petit ourson un peu brusque, brutal, Lifar était devenu un jeune homme élégant et courtois. Diaghilev (qui pensait à tout) insista même pour que le jeune homme remplaçât les mauvaises dents qui déformaient son beau visage.

Bientôt les journaux parisiens commencèrent à parler d'une nouvelle étoile montante. Lifar tenait sa victoire. Diaghilev, d'ordinaire si avare de manifestations exté-

1. Tamara Karsavina.
2. Igor Markevitch.

rieures, écrivit sur son programme : « Au premier parmi les plus jeunes. Au plus jeune parmi les premiers. »

Dans ce contexte, comme avait dû le faire Massine, Dolin dut faire ses adieux aux Ballets russes.

La force de Diaghilev était aussi de savoir arranger les rapports entre ses danseurs favoris. Il tint donc toujours à ce que ceux-ci connaissent personnellement leurs prédécesseurs. Ainsi Dolin n'en voulut pas à Lifar de le remplacer dans le cœur de Diaghilev, il vint même dans sa loge, avant le spectacle, pour disposer la couronne de Borée sur le front de son heureux successeur.

Lifar devint le premier artiste de la troupe. Une nouvelle période s'amorçait pour les Ballets russes. C'est alors que Diaghilev commença à diminuer. Certes, le diabète le rongeait, mais il donnait l'impression d'avoir perdu le goût de la vie.

Durant les deux dernières années de son existence, Diaghilev se prit d'une passion pour les livres rares, et ce parfois au détriment des ballets. Il continua cependant à affectionner les voyages et l'Orient-Express.

Puis son état de santé s'aggrava brusquement pendant un séjour à Venise, au cours de l'été 1929. Lifar soigna son amant, le consola, tenta de faire « renaître son envie de vivre ». Il lui fit même chanter la *Pathétique* de son cher Tchaïkovski et parler de ses années de jeunesse, de ses tournées à l'étranger, de ses voyages, de ses succès, de ses revers. Un jour, au moment du déjeuner, Diaghilev demanda qu'on le changeât de lit ; Lifar, pour qui un changement de lit annonçait la fin proche, s'y opposa, affolé. Le malade, touché par tant de sollicitude, conseilla à Lifar et à Kochno d'aller se restaurer. Mais, pendant le repas, un groom apporta un message griffonné de sa main tremblante : « Dites au médecin que mon pouls est terriblement irrégulier. » Ils rentrèrent aussitôt et se précipitèrent dans la chambre. Diaghilev, était à terre, respirant à peine. Ayant voulu se lever, il avait perdu l'équilibre, et était tombé sans parvenir à regagner son lit, ni même à appeler le domestique. Comme le mentionna Lifar : « On eût dit que la mort avait déjà touché le visage du malade hagard et baigné de sueur. » Dans la nuit 18 au 19, on fit venir un prêtre de l'église orthodoxe grecque. Diaghilev ne remarquait plus ce qui se passait autour de lui. À 2 heures son agonie commença. Ses deux derniers amants étaient avec lui : Serge Lifar, soutenant le mourant, était assis près du lit, Boris Kochno étant de l'autre côté. À l'aube du 19 août, vers 5 h 45, la tête de Diaghilev retomba doucement. C'était fini. À ce moment-là, les premiers rayons du soleil jaillirent de l'horizon, illuminant le visage du défunt sur lequel coulaient de grosses larmes. Il n'avait que cinquante-sept ans. Immédiatement, le spectre de la jalousie se faufila entre Kochno et Lifar qui, ivres de chagrin, se mirent à se disputer rageusement le corps. Kochno se jeta sur Lifar qui était agenouillé de l'autre côté du lit. Ils roulèrent à terre et se mordirent comme des chiens. Après cette scène à la fois tragique et surréaliste, Boris Kochno partit s'occuper des funérailles avec Missia Sert, Chanel et la baronne Erlanger. Lifar s'enferma seul avec le mort, ne laissant entrer personne avant d'avoir terminé la toilette funéraire. Il lui croisa les bras et glissa, comme pendant leur première escapade amoureuse dans l'Orient-Express, un camélia à la boutonnière. À ce moment-là un violent orage éclata. Des éclairs déchirèrent le ciel, suivis de grondements sourds et répétés. Cette tempête, fixée dans les *Mémoires* de Lifar, devint le symbole de son désarroi, de celui de l'artiste qui perd son maître à penser. Les gens qui pénétrèrent alors dans la chambre furent frappés par l'aspect jeune et beau du défunt. Boris Kochno et Serge Lifar veillèrent le corps toute la nuit. Le lendemain matin, le cercueil fut placé sur une grande gondole funèbre ornée d'anges aux ailes dorées et conduit à l'église grecque orthodoxe, puis vers le petit cimetière russe situé sur une île, l'*isola di San Michele*.

Dans la première des trois gondoles du cortège se trouvaient Kochno et Lifar de nouveau réunis.

Comme l'avait prédit une vieille gitane à Saint-Pétersbourg, la mort avait effectivement fauché le tsar des Ballets russes sur l'eau…

Quand la gondole arriva à l'île de Saint-Michel, Kochno et Lifar traînèrent le catafalque à genoux jusqu'au tombeau, Lifar même tenta de se jeter dans la fosse.

Lifar reprendra plusieurs fois l'Orient-Express, mais ses voyages avec Diaghilev resteront à jamais gravés dans sa mémoire et ce train demeurera le symbole de cette alliance à la fois artistique et sentimentale.

L'ange de l'Orient-Express

Tout en songeant à Diaghilev, Anna et Kaï devisaient gaiement, confortablement calés l'un contre l'autre dans leur compartiment. Au cours des arrêts, les passants sur le quai regardaient par les fenêtres ouvertes l'intérieur chatoyant et coquet des voitures. Kaï déclara frustré qu'avec Venise et Diaghilev c'en était assez de parler des Slaves.

— Et les Français ? Et les Allemands alors ? renchérit-il.

Le couple s'accorda enfin sur le fait que Marlène Dietrich était un des personnages essentiels de notre train mythique. Pourtant, pour cette actrice allemande[1], entrer dans la légende de l'Orient-Express n'était pas assuré. Certes, ce train mythique inspira maints cinéastes, mais entre les deux guerres, les Allemands ne voyaient pas d'un œil favorable le développement de son réseau. Et les conditions précaires de la remise en circulation en 1919 de l'Orient-Express et du Paris-Prague-Varsovie Express, se doublèrent d'objections de toutes sortes de la part du gouvernement allemand : mauvais état des

1. Voir John Hampton, une excellente évocation de *Marlène Dietrich*, aux éditions Balland.

voies, manque de combustible, usure des machines... Aussi se décida-t-on à faire un nouvel Orient-Express qui éviterait de passer par l'Allemagne et rejoindrait Vienne par la Suisse et l'Autriche[1]. La situation politique ne devait lui permettre de repasser par la voie classique Strasbourg-Munich que le 3 novembre 1924, non sans laisser quelques regrets aux Chemins de fer fédéraux, qui pourtant ne l'avaient guère accueilli favorablement pendant cette période transitoire.

Après la révolution spartakiste, écrasée dans le sang, des officiers de droite tentèrent un putsch. Combats de rue, assassinats politiques se succédèrent. Ce fut aussi l'époque des premières danseuses nues et des jeux morbides, quand certains s'amusaient à faire l'amour dans un cercueil. Le sexe et la mort fleurissaient sur le même arbre de désolation. Appauvries, affamées, des femmes naguère fières et farouches se vendaient au premier venu. Sur une affiche, on put voir un jour un squelette dansant dans la rue avec une fille dévêtue, et ces mots : « *Berlin, ton partenaire est la Mort.* »

Parallèlement à cela, l'industrie du cinéma était florissante. Avant la guerre, il y avait tout juste deux mille salles de cinéma dans le pays. Désormais, on en comptait plus de quatre mille. Et, pour produire six cent quarante-six films, il fallait des acteurs. En 1922, dans cette Allemagne à la croisée des chemins, on com-

1. En utilisant le parcours Bâle-Buchs, tunnel de l'Arlberg-Innsbruck-Salzbourg. Après les quelques mois d'essai (février-juin 1920) on décida de créer ce nouveau train qui porterait le nom de Suisse-Arlberg-Vienne-Express. À partir du 20 juin 1920, l'Orient-Express passa à nouveau par l'Allemagne, mais l'occupation de la Ruhr en 1923 l'obligea à reprendre une nouvelle fois le chemin Bâle-Buchs et le tunnel de l'Arlberg.

mençait à parler d'une certaine Marlène. Pas encore dans les journaux, mais dans la profession. On ne se bornait plus à répéter qu'elle avait de beaux traits et des jambes splendides : on disait qu'il y avait sûrement du talent chez cette fille, et qu'il ne fallait pas la perdre de vue. Elle était « différente ».

Marlène buvait un cocktail extravagant que les barmen du café de la gare centrale préparaient exprès pour elle. Tandis qu'un train sifflait au loin, un beau jeune homme grand et blond se dirigea vers sa table. Il était vêtu sans la moindre excentricité. Contrairement aux habitués du café, il demanda la permission de s'asseoir à la table de la jeune comédienne. Son sérieux détonnait un peu. Il se présenta :

— Je m'appelle Rudolf. Je suis assistant de cinéma. Je travaille avec…

Marlène l'interrompit d'un geste de la main. Assistant de cinéma ! Encore un !… Néanmoins, le garçon ne lui déplaisait pas et être vue en sa compagnie serait peut-être une occasion de faire parler d'elle.

Elle l'invita donc à s'asseoir. Du thé ! Il voulait du thé ! Décidément, ce garçon n'était pas comme tout le monde. D'un ton plutôt froid, il continua :

— J'ai entendu parler de vous. Je suis à une autre table là-bas avec des amis…

— Et vous voulez que je vienne me joindre à votre groupe, c'est ça ?

— Oh non ! Je viens vous voir… C'est pour du travail. Je suis l'assistant de Joe May, c'est ce que je voulais vous dire tout à l'heure.

Ce monsieur étant un metteur en scène connu et le mari d'une star, Marlène tendit l'oreille.

L'assistant du réalisateur résuma l'affaire en une phrase, celle que toutes les jeunes comédiennes attendent.

— Voulez-vous venir au studio le plus vite possible ? Nous tournerons un bout d'essai. Disons après-demain ?

La jeune femme fit semblant de réfléchir. Bien sûr qu'elle était libre le surlendemain. Mais pour ne pas avoir l'air d'être à la merci de n'importe quelle proposition, elle répéta d'une voix vague :

— Après-demain ?...

— Vous me feriez plaisir en acceptant. Nous avons prévu les essais pour ce jour-là.

— Bon, je me libérerai. Il faudra que je déplace un rendez-vous, mais c'est faisable. Vous m'avez demandé cela si gentiment...

Une année plus tard, ils étaient mariés et parents d'une petite fille. En fin d'après-midi, Marlène passait déposer sa fille chez sa grand-mère et se rendait au théâtre où elle revêtait des costumes excentriques. Elle participa à une revue dont le titre provoquait, explicitement : « De bouche à bouche. » Elle y chantait et dansait. Puis elle retrouvait son mari, Rudi, dans sa loge. Avec des amis, ils allaient souper près de la gare où elle rêvait à de lointains voyages. Marlène aimait aussi terminer la soirée dans des clubs de travestis. Elle avait réussi à se faire admettre dans un lieu très privé, puisque n'en étaient membres que les personnes capables de prouver qu'elles avaient fait au moins cinq ans de prison !

Dans la revue, la vedette n'était pas Marlène mais Clara Waldorf. Cette femme était une des figures les plus étonnantes de la scène berlinoise. Chanteuse, danseuse, meneuse de revue, ses cheveux roux et presque rouges l'avaient fait surnommer « le Phare ». Elle ne faisait pas mystère de ses attirances homosexuelles, bien qu'elle ait aussi affiché une liaison avec un caricaturiste connu. Elle avait une voix très masculine, rauque et grave. Elle apprit beaucoup de choses à Marlène en lui racontant ses tournées à Istanbul, Prague et Budapest.

La vie morale, à Berlin, devenait de plus en plus permissive. La cocaïne connaissait son heure de gloire et, dans certains bars, des femmes mariées courtisaient ouvertement les femmes ou les amis de leurs maris. Marlène aimait côtoyer et observer tous ces gens.

La musique américaine arriva. On fit fête au jazz. Les couples s'écrasaient sur la piste de la boîte à la mode, le *Femina.* Une nuit, le directeur lâcha une centaine de souris blanches sur la piste, ce qui n'empêcha pas certains de continuer à danser sur les tables.

Après une représentation, Marlène fut invitée à une soirée déguisée « extrêmement chic » dont le thème était « les pays traversés par l'Orient-Express ». Tous les gens qui comptaient à Berlin étaient présents. Les plus belles femmes de la ville, les plus célèbres. Il y avait notamment une certaine Carola déguisée en femme de harem, sans doute la plus éblouissante. Pourtant, avec son frac, Marlène éclipsa tout le monde. Quand elle se dirigea vers Carola pour l'inviter à danser, les gens s'écartèrent sur son passage. Tout le monde fut subjugué.

Marlène et Rudi vivaient avec leur petite Maria, qui maintenant était une adorable enfant de trois ans et demi. Mais Marlène avait besoin d'espace et l'harmonie du couple ne tarda pas à battre de l'aile.

— Je veux m'évader, disait-elle à son mari. Le mariage n'est pas une prison. Je t'aimerai toujours, tu ne te rends pas compte à quel point je t'aime.

— À quoi ça m'avance, que tu me dises ça ? répondait-il.

— Je veux être libre, tu comprends ? Toi aussi, tu es libre.

— Mais je t'aime, moi.

— Eh bien, tu es libre de m'aimer.

— C'est trop facile d'ironiser.

Rudi aurait voulu poursuivre, rappeler à Marlène que c'était elle qui avait le beau rôle dans cette affaire. Mais il préférait la laisser parler, parce que, finalement, elle lui disait sans arrêt qu'elle l'aimait et qu'elle ne cesserait pas de l'aimer. C'était agréable à entendre. Et, malgré la crise qu'ils traversaient, ils étaient encore capables de rire ensemble.

Souvent elle allait danser le charleston avec son nouvel ami, Willy[1], son partenaire au théâtre.

Ce fut au début de l'été 1928, à l'occasion d'un tournage, que Marlène entra pour la première fois dans un compartiment de l'Orient-Express. Willy était du voyage, bien sûr.

Apprenant cette escapade, Rudi s'efforça de ne pas provoquer la moindre occasion de dispute. Mais il était atterré. De toute façon, il n'avait jamais envisagé une autre existence qu'une vie amoureuse et conjugale avec Marlène, sa star à lui. Il consentait certes à la partager

1. L'acteur Willy Forst.

avec le public mais allait devoir partager, plus concrètement, avec un autre – si du moins il ne voulait pas la perdre. Et, tandis que Rudi souffrait en silence et préparait le petit déjeuner de sa femme, Marlène pensait à ce que son amant ne cessait de lui répéter :

— Tu dois briller, sortir. Je te ferai connaître les pays lointains…

En effet, Willy était plus célèbre qu'elle et connaissait tout Berlin. Mais pour l'heure, Marlène répugnait à mener une vie faite exclusivement de sorties mondaines. Tout cela lui semblait vain et hypocrite. Elle préférait lire ses poètes favoris ou travailler un beau rôle d'une bonne pièce, simplement pour le plaisir du travail, et se concentrer au lieu de se disperser.

Elle aimait aussi s'installer à la terrasse d'un café afin d'observer les gens bouger, elle étudiait leurs poses et leurs mouvements pour pouvoir les copier plus tard, dans un film ou au théâtre. De retour à la maison elle sentait son époux errer dans l'appartement comme un fantôme, aussi lui était-il de plus en plus difficile de se concentrer sur son travail. Elle se décida donc à accepter les invitations de plus en plus pressantes de son chevalier servant, qui lui proposa quelques escapades amusantes. Ils prirent alors de nouveau le train, cette fois-ci pour Vienne, un autre haut lieu de l'Orient-Express. Dieu sait si elle aimait voyager avec Willy. Il était peut-être moins profond que son mari, mais il était léger, il la distrayait.

Que serait Vienne sans ses cafés ? Marlène appréciait tant leur ambiance. On pouvait y passer la journée pour lire, écrire, donner ses rendez-vous d'amour ou d'affaires. Certains habitués y recevaient même leur courrier. S'il n'y avait pas de table libre, l'usage était de s'installer à une table déjà occupée, ce qui était souvent l'occasion d'une rencontre. À l'instar de tous les voyageurs, Marlène et Willy avaient leurs lieux de prédilection. Ainsi, aimèrent-ils flâner sur la Wienzeile, une avenue séparée par un large terre-plein. À la fin du XIXe siècle, unis contre l'académisme, des artistes se rebellèrent et firent sécession. Peintres, architectes et décorateurs s'associèrent pour fonder, en 1903, les Ateliers viennois. Cette avenue en est la vitrine. Le couple visita un bâtiment blanc avec une coupole de lauriers d'or, et put s'extasier devant la transposition de la *Neuvième Symphonie* de Beethoven par Klimt où « les forces hostiles affrontent l'Amour ». Ils passèrent ensuite devant les deux immeubles d'Otto Wagner : l'un, dont la façade en faïence est semée de coquelicots, l'autre, toute blanche, couverte de grands médaillons enfermant les profils dorés de jeunes filles préraphaélites[1]. Puis le couple alla faire des emplettes au Naschmarkt. Sur ce marché formé de petites échoppes vertes en bois, les fins gourmets avaient les papilles en liesse. Des charcuteries paysannes aux poissons – fumés ou non –, des légumes oubliés aux fruits exotiques les plus rares ou aux épices de toutes les couleurs dorées par le soleil, on y trouvait tout. À chaque boutique sa spécialité ; ici, une centaine de vinaigres différents ; là, les fromages des quatre coins du globe.

Après avoir fait un tour au marché aux fleurs, Marlène et Willy se réchauffèrent devant un verre de vin chaud à la cannelle et au zeste d'orange, spécialité du lieu.

---

1. Dessinées par Kolo Moser.

— Le train, symbole de notre vieille Europe, n'est pas suffisant pour toi, dit soudain Willy, ragaillardi. Ce qu'il te faut maintenant c'est un paquebot ! Et si nous partions pour les États-Unis ? Nous y ferions fortune. Toi aussi ! ajouta-t-il devant la moue de sa compagne. Regarde Greta Garbo, tu vaux bien cette Suédoise…

— Je la connais. Elle a un vrai talent. Et elle est partie pour Hollywood avec deux metteurs en scène, des Suédois comme elle. Non, non, il faut attendre. Il faut d'abord que je m'impose ici. Je ne partirai pas avant.

La réponse étant sans appel, Willy acquiesça.

Au dîner, il lui présenta un journaliste autrichien extrêmement drôle. Il avait à peine vingt ans et connaissait mille anecdotes sur les têtes couronnées de l'Orient et leurs harems ce qui lui permit de tenir sous son charme tous les convives. Il s'appelait Billy Wilder et allait devenir plus tard, à Hollywood, un des meilleurs cinéastes du monde avec des films aussi célèbres que *Certains l'aiment chaud.*

Marlène rencontra également un jeune auteur, Erich Maria Kramer. Celui-ci lui parla modestement d'un roman qu'il était en train de finir, *À l'Ouest, rien de nouveau*… Il devait le publier sous le pseudonyme d'Erich Maria Remarque. Il était très attiré par Marlène, la trouvant mille fois plus séduisante que toutes ces vedettes du cinéma berlinois des Années folles. À cette époque, ni le jeune romancier timide ni cette obscure chanteuse de revue ne savaient qu'ils deviendraient célèbres et encore moins qu'un jour ils s'aimeraient d'un grand amour.

Le jeune Erich aurait sans doute préféré aimer Marlène tout de suite, partir avec elle le soir même. Mais Marlène avait déjà une vie amoureuse bien remplie... Elle était simplement contente d'avoir rencontré cet homme sensible et attachant.

Si Marlène adorait voyager, il lui fallait quand même rentrer à Berlin pour travailler. Il faut dire que sa vie était animée : les trains, les films, le théâtre, sa fille, son amant, son mari...

Lucide, celui-ci admirait que sa femme parvienne à mener de front une existence si agitée. Elle obtint d'ailleurs d'excellentes critiques pour son rôle dans une pièce du dramaturge irlandais George Bernard Shaw, l'auteur de *Pygmalion.* Marlène avait gardé sa passion pour la bonne littérature, et Shaw avait reçu le prix Nobel : c'était une référence. Dans la pièce, elle incarnait ce qu'elle était dans la vie : une jeune femme moderne qui rompt avec les traditions bourgeoises de son milieu et ose parler ouvertement de ses désirs physiques pour les hommes.

Elle aimait toujours autant faire la fête. La plupart du temps, son mari restait à la maison :

— Je n'ai pas envie de t'accompagner dans des endroits où tu t'affiches avec ce Willy.

Il faut dire que souvent, les soirées étaient bien arrosées, tout le monde buvait trop. Et quand Willy avait bu, il faisait boire Marlène et chacun des deux trouvait l'autre encore plus beau, plus désirable. Puis Marlène apprécia moins les baisers parfumés à l'alcool. Enivré, Willy devenait répétitif et ne pouvait pas s'empêcher de poser les mêmes questions maladroites et inopportunes.

— Est-ce que tu dors dans le même lit que lui ?

— Je t'ai déjà dit que ça ne te regarde pas. Je suis libre…

Puis, de plus en plus fatiguée par les longues journées de tournage, Marlène cessa de sortir. Une voiture de la production la ramenait chez elle où elle retrouvait sa fille et son mari qui avait pu acheter d'occasion une petite caméra et filmait sa femme dans l'appartement ou promenant leur fille dans le parc voisin. Il fit un court métrage de toutes ces scènes, et l'intitula *Une mère heureuse.* Cette fresque faussement idyllique fut montrée plus tard dans les salles en Allemagne.

Willy, l'amant délaissé, trouva le piège idéal pour reprendre Marlène dans ses filets : une nouvelle escapade à bord de l'Orient-Express, pour les besoins d'un tournage.

Mais, s'il avait convaincu sans peine les producteurs, le scénario fut néanmoins refusé au dernier moment parce que trop onéreux.

Il ne faut jamais forcer le destin. Il sait très bien ce qu'il fait : quand, où et comment.

Et Rudi de consoler Marlène.

— Si tu n'as pas décroché ce rôle, c'est qu'un autre t'attend…

Marlène le coupa.

— Un autre ! Tu parles ! Tu as vu ce qu'on me propose ? Encore une pièce de théâtre minable !

— On ne sait jamais.

— Écoute, j'aurai bientôt trente ans, et regarde où j'en suis.

— Toute l'Allemagne t'adore.

— Dix mille personnes et encore, c'est ça, peut-être, la gloire ? Si encore je jouais dans des chefs-d'œuvre incompris…

Puis, un soir, comme elle dînait avec deux autres acteurs à la veille d'une générale, Marlène entendit parler d'un film important qui allait bientôt se tourner, et pour lequel ses deux camarades venaient d'être engagés. Le film s'appellerait *La Tentatrice* ou *L'Ange bleu.* La jeune femme écouta attentivement. Peut-être y aurait-il un petit rôle pour elle ?

Le metteur en scène était autrichien, mais ses parents avaient émigré aux États-Unis quand il était encore enfant. Ses films tournés à Hollywood avaient obtenu de grands succès. Il s'appelait Josef von Sternberg.

— Il paraît que le « von » est de son invention, et qu'il n'est pas plus noble que toi et moi.

Marlène fit alors remarquer en riant à son camarade qu'elle aurait pu s'appeler, si elle avait voulu, Marlène von Losch, du nom de son beau-père.

— En tout cas, ce n'est pas n'importe qui. Et il va disposer d'un budget énorme : le film est coproduit par les Américains et réalisé en Allemagne. Ce sera le premier film allemand parlant et chantant avec une distribution internationale. Avec un voyage à Vienne de surcroît…

Marlène les regarda en soupirant. Encore une occasion manquée pour elle de prendre de nouveau l'Orient-Express. Et puis elle aurait tellement voulu travailler avec un bon metteur en scène.

La conversation fut vite oubliée car, chaque soir, le spectacle battait son plein. Elle se couchait tard. L'après-midi, elle consacrait une heure ou deux à sa fille et continuait à faire tout son possible pour équilibrer sa vie sentimentale.

Deux semaines après la première, en arrivant au

théâtre, elle trouva tout le monde en émoi : le cinéaste Josef von Sternberg en personne avait fait réserver des places pour lui, sa femme[1] et ses assistants, pour voir sur scène les deux comédiens qu'il avait engagés.

Marlène joua comme d'habitude ni mieux ni moins bien que les autres soirs. D'ailleurs pourquoi faire des frais pour un metteur en scène avec qui elle n'avait aucun espoir de travailler ?

Sternberg s'était déjà rendu à Budapest, à Vienne et à Berlin, cherchant désespérément depuis bientôt un mois l'actrice qui jouerait le principal rôle féminin de son film. Il avait rencontré à peu près tout le monde, et n'avait choisi personne.

Une photo de Marlène était passée entre ses mains. Il avait interrogé son assistant.

— Et celle-là ? On ne se rend compte de rien sur cette photo. Vous la connaissez ?

L'assistant avait mieux regardé.

— Ah oui ! Ses jambes sont bien, mais vous cherchez plutôt un visage, non ?

Et la photo de Marlène avait rejoint les autres aux oubliettes.

Sternberg, qui trouvait un peu le temps long – la pièce était loin d'être géniale –, sembla y reprendre intérêt en voyant la comédienne entrer en scène. Certes, il la trouva mal fagotée, mal maquillée, mais il lui trouva du chien. Elle avait « ça », comme on disait à Hollywood.

Il se pencha alors vers un de ses assistants placé devant lui :

1. Elle-même actrice de théâtre sous le nom de Riza Royce.

— Qui est-ce ?

Celui-ci consulta fébrilement son programme :

— Dietrich, Marlène Dietrich.

Sternberg répéta le nom pour le retenir. Ce qu'elle faisait n'était guère intéressant, mais il n'en avait cure, elle était probablement mal dirigée…

Après le spectacle, le célèbre metteur en scène, sa femme et ses assistants se rendirent dans les coulisses où les attendait une coupe de champagne. On alla chercher les acteurs, très flattés d'être présentés au grand réalisateur hollywoodien. Marlène n'était pas parmi eux. Sternberg demanda alors qu'on la trouve :

— Je voudrais lui dire que j'ai apprécié son travail.

Mais Marlène, qui s'était disputée l'après-midi avec son mari, avait eu des remords pendant toute la représentation et avait voulu rentrer tout de suite chez elle pour faire la paix et l'entraîner dans quelque boîte de nuit. Elle s'était démaquillée en vitesse et avait filé sans demander son reste.

Dépité, Sternberg abrégea sa visite, prétextant du travail à faire avant d'aller dormir. Dans le taxi qui les ramenait à leur hôtel, il demanda à sa femme ce qu'elle pensait de Mlle Dietrich, celle qui s'appuyait contre un portant et contemplait les autres d'un air indifférent, au début. Elle l'avait à peine remarquée…

Ce soir-là, avant de s'endormir, le metteur en scène se remémora la conversation avec un maître d'hôtel de l'Orient-Express qui lui avait raconté comment, au cours d'une soirée bien arrosée dans le wagon-restaurant, une actrice dotée de magnifiques jambes, nommée Mme Rudolf Sieber, avait interprété d'une manière impromptue un court prélude de Bach. Cette image aurait-elle pénétré le subconscient du glorieux cinéaste, bien loin de soupçonner, à l'époque, que cette actrice était Marlène ?

Pendant ce temps, Marlène disait à son mari, la tête posée sur son épaule :

— C'est toi qui es important pour moi…

Ils rentrèrent chez eux, passablement éméchés. Rudi trouvait stupide d'avoir raté l'occasion de rencontrer Sternberg.

Le lendemain, un message urgent adressé à Mlle Dietrich, et signé Josef von Sternberg, priait Marlène de se présenter à son bureau. Son mari jubilait :

— Tu vois ! Il t'a remarquée ! Il y a sûrement un petit rôle pour toi. Je sais que son scénario comporte des scènes de cabaret. On a dû lui dire que tu avais chanté dans des revues.

Ce rendez-vous miraculeux n'aurait cependant jamais eu lieu sans l'obstination de Sternberg.

Pourtant, Marlène, secrètement, ne songeait pas à un petit rôle. Elle savait ce qu'elle valait et n'était pas dépourvue d'intuition, elle non plus.

Lorsqu'elle se trouva en face du fameux metteur en scène, elle fut quelque peu déconcertée : il avait l'air arrogant d'un dandy. Autour de lui, Marlène reconnut le célèbre acteur Émile Jannings, des assistants aux visages insignifiants et serviles, et un homme « plus collet monté que les autres » : le producteur. Finalement, seul Sternberg lui souriait. Il la complimenta en lui signifiant qu'elle lui avait laissé une grande impression.

Si elle pressentait sa propre valeur, elle n'en tomba pas moins des nues.

— Vous êtes bien aimable, remercia-t-elle.

— Évidemment, la détrompa-t-il, cela reste très en dessous de ce que j'attends de vous.

Elle ne répondit pas. Il reprit :

— Pourriez-vous me chanter quelque chose ?

— Quel genre de chanson ?

— Ce que vous voudrez.

Il avait une très belle voix, douce, persuasive. Elle trouva même quelque chose de féminin dans cet homme qui la toucha immédiatement. Mais quelque chose de buté aussi, qui lui fit peur. Elle répondit :

— Dites-moi quelle chanson vous voulez entendre, je préfère. J'en connais trop.

— Non, non, c'est à vous de choisir.

De guerre lasse, elle se mit à chanter à tue-tête un des airs de la revue « Broadway ». Elle comprit très vite que Sternberg ne l'écoutait pas mais la regardait…

Il demanda alors à un assistant de la conduire à la réserve des costumes où on lui proposa une tenue plus « sexy » que sa robe en soie trop sage. Il avait touché là sa corde sensible car elle adorait se travestir.

Entre diverses fripes, Marlène choisit une tunique ultracourte et pailletée. Quand elle revint dans le bureau, les jambes exhibées dans des bas résilles, le producteur plus que dubitatif lui tourna le dos en grommelant. Sternberg, lui, était tout sourire. Il indiqua à Marlène un piano droit dans un coin de la vaste pièce. Elle l'ouvrit et joua quelques accords. Sternberg s'exclama :

— Alors vous savez aussi jouer du piano ? J'avais prévu un accompagnateur. Il arrive.

Sans répondre, Marlène interpréta le court prélude

de Bach, comme autrefois dans le wagon-restaurant de l'Orient-Express. Et tandis que le producteur regardait sa montre, Sternberg était bouleversé par le spectacle de cette femme habillée comme une entraîneuse concentrée sur la musique classique.

L'accompagnateur entra et, sans transition, Marlène chanta un de ses succès, un air parodique de la revue « C'est dans l'air ». Emil Jannings quitta bruyamment la pièce en signe de protestation. Rien ne semblait gagné.

Pourtant, Sternberg proposa à Marlène de tourner un bout d'essai dès le lendemain. Il la reconduisit jusqu'à la porte d'entrée de l'immeuble :

— Vous verrez, tout se passera très bien…

Ce soir-là, sur scène, Marlène fut plus nerveuse que d'habitude. Elle oublia une réplique, en bafouilla d'autres. Elle soupa avec son mari, et lui narra sa rencontre avec Sternberg.

— Si Jannings est contre toi, crut devoir lui expliquer celui-là, c'est mauvais signe. C'est lui qui a proposé Sternberg à la production. C'est sur le nom de Jannings qu'ils mettent tout leur argent.

— Peut-être, mais M. von Sternberg a l'air de savoir ce qu'il veut…

Le lendemain, Sternberg attendait impatiemment « son actrice ».

Quand il la vit, timidement assise dans le fond du studio, il fit couper le moteur de la caméra, se déclara satisfait de l'essai en cours et s'approcha rapidement de Marlène :

— Alors, vous m'avez trouvé une nouvelle chanson pour ce matin ?

Marlène se contenta de le regarder avec de grands yeux. Serait-il si difficile de tirer de cette fille tous les sentiments que le rôle réclamerait ? Non, c'était à lui de se montrer à la hauteur, auquel cas elle serait un merveilleux instrument.

On développa la pellicule en hâte et, en fin d'après-midi, Sternberg et tout son état-major visionnaient les deux tests. Du producteur au dernier des assistants, tous tranchèrent en faveur d'une autre actrice, Lucie Mannheim.

Ils se retournèrent vers Sternberg installé au dernier rang de la minuscule salle de projection. Tout en enfilant son manteau, celui-ci déclara placidement :

— Messieurs, je viens de choisir Mlle Dietrich pour interpréter Lola-Lola dans mon film.

Le tournage de *L'Ange bleu* devint alors fantasmagorique pour l'équipe. Mais Marlène, la première, pressentit combien le résultat serait phénoménal si elle s'en remettait entièrement à Sternberg, à son génie. C'était bien sûr la principale condition de la réussite.

Par contrat, elle fut obligée de continuer à jouer chaque soir au théâtre. Sur les nerfs, elle n'arrivait pas à rentrer se coucher et s'obstinait à traîner jusqu'au milieu de la nuit dans les restaurants où on lui posait mille questions sur le tournage en cours. Elle ne voyait pratiquement plus son mari. D'ailleurs, celui-ci avait une liaison avec une des grandes amies de Marlène, Tamara. Les deux femmes s'étaient connues lorsqu'elles étaient « girls » dans une revue. À l'époque, Tamara avait été un peu amoureuse de Marlène, et depuis elle la copiait, s'habillait comme elle, se maquillait comme elle et maintenant avait une liaison avec son mari.

Marlène, éprise de liberté, ne leur en voulait pas et laissait faire ; elle n'était guère possessive et aimait davantage donner que prendre.

Sternberg, metteur en scène très exigeant, se révéla très imbu de lui-même, méticuleux, pour ne pas dire maniaque. Marlène se plaignait souvent de lui quand on lui demandait de raconter ce qui se passait sur le plateau. Il faisait faire des répétitions à l'infini du moindre geste. Mais chaque fois, le résultat sur l'écran était fantastique. Dans le fond, ce n'était pas pour déplaire à Marlène dont le souci de la perfection animait le jeu. Et, si elle n'aimait pas le rôle – une chanteuse de cabaret dont le corps excitant mène un homme jusqu'à la déchéance –, elle passa outre, acceptant les yeux fermés de faire tout ce que le réalisateur proposait ou imposait. Elle fut effectivement l'« instrument » de son pygmalion.

Sternberg, orgueilleux, avait largement minimisé la part de l'auteur du scénario :

— N'importe quel autre roman m'aurait convenu. Ce que je fais, c'est un film ! Pas de la littérature ! Et ne perdez pas votre temps à relire le livre. Votre personnage n'existera pas avec de la psychologie écrite. Il existera avec ce que je suis en train de faire de vous, grâce aux lumières et à mes directives.

Il la convoquait souvent dans un restaurant proche des studios. Elle arrivait à l'heure de l'après-midi, pas encore bien réveillée. Pourquoi désirait-il tant la voir, pour mieux la tenir sous sa coupe, lui parler encore de son personnage ou plus simplement parce qu'il l'aimait et ne pouvait pas se passer d'elle ? Si Marlène faisait mine de ne rien remarquer, l'autorité du réalisateur masquait de moins en moins la tempête amoureuse qui l'agitait. Mais elle n'avait aucune envie de tomber dans la banale histoire de l'actrice et du metteur en scène qui couchent ensemble le temps du tournage.

Malgré toute l'emprise qu'exerçait le maître, la situation demeura inchangée jusqu'à la fin du tournage. Et, tandis que Marlène continuait à mener de front toutes ses activités (y compris les heures de palabre avec Willy, son amant, qui devenait jaloux et commettait l'erreur de demander des comptes), Sternberg était de jour en jour plus amoureux. Elle redoutait à chaque rencontre un aveu en bonne et due forme, ce qui eût été pour elle insurmontable. Mais le réalisateur s'efforça de n'en rien laisser paraître pour ne pas compromettre la fin du travail auquel il se devait de consacrer toute son énergie. Il savait que la tension de cet amour inavoué passait dans le film et Marlène savait qu'ils avaient le temps : Sternberg n'avait-il pas fait allusion à d'autres tournages ensemble ? Elle le trouvait touchant, aussi. En tête à tête, il avait l'air complètement ébahi devant elle. Jusqu'au moment, évidemment, où de retour au studio, il redevenait le seul maître à bord.

Malgré un emploi du temps bien rempli, Marlène et Sternberg passaient tous leurs moments libres ensemble. Puis, le soir, Marlène rentrait chez elle où elle dormait dès lors le plus souvent seule, son mari ne réapparaissant qu'au petit matin.

L'épouse du réalisateur n'était guère enchantée par la nouvelle passion de son époux mais il avait beau jeu de lui opposer, comme une raison d'État, des raisons de travail.

Certains acteurs, en particulier Emil Jannings, essayaient de monter Marlène contre Sternberg. Si elle se disputait avec lui, le metteur en scène s'occuperait forcément moins d'elle. Et de lui souffler qu'elle était en train de se couler en suivant les conseils de Sternberg :

« Votre personnage, est un personnage tout à fait antipathique et le public vous identifiera à lui. Vous ne trouverez plus de travail parce qu'aucun producteur n'engage les acteurs que le public n'aime pas ! Quand j'ai lu le script, le personnage de la fille n'était pas du tout comme ça, mais alors pas du tout… »

Bien sûr, Jannings était jaloux, Marlène le comprit vite et ne prêta plus attention à ce genre de récriminations.

Puis le dernier jour de tournage arriva. Fatiguée par l'entêtement de Sternberg, l'équipe technique ne fut pas mécontente d'en finir. Commença alors le montage du film.

Le réalisateur avait tout fait pour que Marlène soit extraordinaire, et elle l'était. Il se souvenait avec fureur de la petite phrase condescendante du romancier Heinrich Mann en visite sur le tournage : « Ce sera grâce aux cuisses nues de votre actrice que le film connaîtra un succès mondial… »

Mais Marlène valait mieux que ce jugement imbécile à l'emporte-pièce. Et Sternberg le prouverait bientôt à tout le monde.

Il décida de quitter Berlin avant la première. Lui, le grand Sternberg, n'allait pas s'abaisser à attendre le verdict du public. D'autre part, sa femme le pressait de rentrer aux États-Unis. Elle voulait mettre l'océan entre son mari et Marlène. Mais il était déjà trop tard.

Désormais, pour Steinberg comme pour Marlène, il y allait y avoir un avant et un après *L'Ange Bleu.*

Sternberg dîna une dernière fois avec « son actrice » et lui demanda si elle était prête à le suivre à Hollywood. Il se faisait fort de lui obtenir là-bas un des meilleurs contrats possibles, et lui promettait de tourner un deuxième film avec elle dès qu'elle le voudrait.

Marlène se récria :

— Mais j'ai toute ma vie ici ! Ma famille ! Vous êtes fou !

Sternberg se durcit.

— Qui étiez-vous avant de me rencontrer ?

— Vous m'enverrez un câble pour me dire ce que vous aurez pensé ?

— Je vous dirai que j'ai aimé votre travail.

— Et vous n'oublierez pas que j'ai besoin de vous pour travailler ?

— Je n'oublierai rien.

Sternberg se décontracta.

— J'espère toutefois que vous oublierez la sévérité dont j'ai été contraint de faire montre envers vous pendant le tournage.

— Au contraire, je vous en suis reconnaissante. Vous m'avez beaucoup appris.

Tous les deux parlaient d'une voix tremblante chargée d'émotion. Marlène se demanda tout à coup avec effroi s'il allait, là, lui déclarer qu'il l'aimait. Elle ne se voyait pas en train de l'embrasser, au beau milieu du restaurant. Mais elle s'en voulut aussitôt – Sternberg était trop raffiné pour choisir un tel moment et un tel cadre.

Était-il, du reste, homme à se contenter d'un banal

« je vous aime » ? Ne venait-il pas de lui faire une beaucoup plus belle déclaration d'amour en lui demandant de venir à Hollywood ? En la liant à son travail, à sa raison de vivre ?

Ils se regardèrent longuement dans les yeux en silence. Le visage de Sternberg, pourtant marqué par une extrême fatigue, lui apparaissait plus beau que jamais.

Le couple décida de se séparer à la sortie du restaurant.

— Je vais faire appeler deux taxis, dit Sternberg. Vous vous lèverez la première, je vous regarderai vous éloigner de dos parmi les tables. Avant de passer la porte, vous vous retournerez, à peine, à peine… et peut-être me sourirez-vous ? J'emporterai ce sourire avec moi sur le paquebot, comme l'image de cette actrice inconnue qui jouait Bach dans le wagon-restaurant de l'Orient-Express…

Le célèbre cinéaste avait aussi su mettre en scène ses adieux. Amusée, Marlène y répondit par un geste qui le bouleversa. Elle détacha l'une de ses boucles d'oreilles, chercha la main de Sternberg et la referma sur le bijou.

— Mon père les avait offertes à ma mère pour qu'elle me les donne un jour. Je les ai reçues à la naissance de ma fille.

Elle se leva, évolua lentement entre les tables et se retourna, les larmes aux yeux, en s'efforçant de sourire.

Le lendemain soir, la première de *L'Ange bleu* fut un véritable triomphe. La salle, debout, ovationna Marlène pendant vingt minutes. Elle aurait voulu applaudir, elle aussi, applaudir Sternberg. Elle le fit en direction de l'écran vide.

Pendant le grand dîner qui suivit, n'y tenant plus, elle voulut s'en aller pour poster un télégramme. Mais on s'opposa à ce qu'elle quitte la table.

Le soir même, elle annonçait à son mari son départ pour Hollywood avant la fin du mois.

Rudi s'effondra.

— J'ai souvent pensé que tu ferais ça, mais je ne voulais pas y croire. Marlène, tu me rends si malheureux. Que vais-je faire sans toi ?

— Tu sais bien que mon travail…

— Arrête de parler de travail ! C'est lui que tu vas rejoindre ! Au moins, ne me mens pas.

— Je vais rejoindre quelqu'un qui va me faire travailler. Ce n'est pas ma faute si tu n'es pas encore devenu metteur en scène.

— Évidemment, maintenant que Madame la star est lancée, elle n'a que faire de son assistant de mari.

— Rudi, tu exagères. D'ailleurs, que je sache, tu ne t'ennuies pas tant que ça dans la vie.

— Tu veux parler de Tamara ? Je la quitte demain, si tu veux.

— Mais je ne t'en demande pas tant. Nous avons chacun notre vie à mener. Tu sais que mon affection pour toi ne changera jamais.

— Voilà ! Tu parles d'affection, maintenant. Avant, tu disais que tu m'aimais.

— Ma décision est prise. Nous ferions mieux d'examiner comment nous allons faire pratiquement.

Marlène partirait seule. Son mari garderait l'enfant.

La mère de Marlène s'abstint de tout commentaire mais reçut les confidences éplorées de son gendre.

Marlène envoya à Sternberg le télégramme promis.

Elle voulait partir le plus vite possible. Dans quelques jours, *L'Ange bleu* serait joué dans toutes les villes importantes d'Allemagne. Puis, deux ou trois semaines plus tard, à Paris, à Londres, à Rome. Sternberg lui avait expliqué qu'un succès dans une ville voulait dire le triomphe dans toutes les autres : le public est le même partout.

Il y eut une autre projection de gala du film à Berlin. Marlène y assista, découvrant la gloire. Elle partit le soir même. Comme la foule entourait le cinéma, elle dut renoncer à sa voiture et, aidée de la police, elle fut hissée dans le camion où elle avait fait entasser tous ses bagages, quarante malles, et même un piano !

Rudi ne voulut pas assister à ce départ, qui brisait sa vie. Willy, l'amant éconduit, l'accompagna jusqu'à la gare. En guise d'adieu il lui souffla :

« Hollywood remplacera donc dans ton cœur nos jours heureux, nos escapades… »

Sur le quai, les bras remplis de fleurs, elle embrassa fougueusement celui qui représentait pour elle, symboliquement, tout ce qu'elle quittait : la vieille Europe et ses trains mythiques, sa famille et son pays.

Dans le camion, Marlène se mit au piano et, comme autrefois, joua Bach…

Au port de Bremerhaven, elle monta à bord du *Bremen*, un des plus fastueux paquebots de l'époque.

Sternberg avait obtenu pour Marlène un magnifique contrat chez Paramount : deux films par an, et le droit de choisir elle-même ses réalisateurs. En imposant cette clause, consentie à très peu d'acteurs, Sternberg entendait bien demeurer le metteur en scène exclusif de celle que la Paramount s'apprêtait à lancer contre la Metro Goldwyn Mayer, qui employait Greta Garbo.

Sternberg exigea que sa chère protégée perde quinze kilos. Au bout de six semaines, grâce aux soins des masseurs et des maquilleurs de la Paramount, Marlène était méconnaissable et plus belle que jamais.

Dans cette aventure, l'amour non consommé avait été cependant le plus fort. Ils vécurent quelques années de complicité amoureuse et artistique, puis chacun suivit sa route sans jamais oublier les sublimes moments de *L'Ange bleu.*

D'autres célébrités étaient entrées par la suite dans la vie de Marlène, quand la guerre amena à Hollywood plusieurs Français, et non les moindres. Parmi eux, les réalisateurs Jean Renoir, René Clair et le comédien Jean Gabin. Elle l'avait un peu connu en France et admiré plusieurs fois à l'écran. Marlène, qui adorait vraiment la France et parlait français, les accueillit avec joie, les aida à s'installer, leur servit d'interprète et souvent de cuisinière, car elle maîtrisait fort bien l'art culinaire.

Gabin et Marlène ne tardèrent pas à tomber sous le charme l'un de l'autre et s'installèrent bientôt ensemble. Mais la guerre faisait rage en Europe et Gabin partit se battre. À son amant, elle avait raconté comment, pendant la guerre de 1914-1918, elle, petite Prussienne et fille d'un officier, portait des roses blanches aux prisonniers français. Et comment, le 14 juillet, elle arrivait en classe avec un bouquet bleu-blanc-rouge fait de bleuets, de pâquerettes et de coquelicots pour son professeur de français.

Cet attachement à la France, elle allait à son tour le prouver en réussissant à être incorporée dans un groupe de comédiens prêt à partir distraire les soldats sur le front.

Un jour, on lui dit que des soldats allemands, malades et prisonniers, la réclamaient. Accepterait-elle de leur chanter quelque chose en allemand ? Elle dont Hitler avait rêvé de faire la reine du cinéma du IIIe Reich, et qui avait refusé avec mépris, découvrait qu'elle était quand même l'idole des soldats de son pays natal. Et elle chanta en allemand devant les quelques blessés et les mourants, tous si jeunes, de la Wehrmacht.

Après la guerre et quelque temps passé à New York, Marlène revint à Paris où elle retrouva Gabin, rentré du front. Elle loua un appartement avenue Montaigne, près de la Seine et de la tour Eiffel, non loin du célèbre café « Chez Francis », où le champagne est toujours bien frappé.

Elle se fit aussi de nouvelles amies, notamment Édith Piaf, dont elle disait : « Le seul mot qui puisse remplacer le mot Paris, c'est le mot Piaf. »

Elle se promenait avec Gabin dans les rues, ils prenaient le métro ensemble, flânaient sur les quais, comme Jean le lui avait promis quand ils étaient à Hollywood. Ils riaient en évoquant les leçons d'anglais de Marlène.

Et puis la mère de Marlène mourut à Berlin. Elle avait survécu à la guerre mais pas aux chagrins. Marlène était à Biarritz. Elle rejoignit la ville dévastée. Elle était définitivement orpheline et inconsolable. Il fallut la formidable nature d'Ernest Hemingway pour la remettre d'aplomb. Hemingway et sa femme, Mary, étaient à Paris. Marlène les rejoignait souvent au Ritz. L'écrivain la surnommait « Choucroute », elle l'appelait « Papa ».

Et puis Gabin et Marlène eurent très envie de tourner un film ensemble :

« Tu comprends, on s'aime et en plus, on fait le même métier. Alors, exerçons notre métier ensemble. Comme ça, on sera ensemble jour et nuit ! »

Ils tournèrent alors *Martin Roumagnac*, de Georges Lacombe (1946).

Le couple ne cachait ses relations à personne. Devant leurs camarades, Gabin n'hésitait pas à railler Marlène :

— Dis, ce soir, tu me diras oui quand on en sera au blanc ?

— Mais je suis fatiguée ! Tu ne te rends pas compte ! Ce tournage m'épuise.

— Ah ! Je comprends tout ! C'est pour ça que tu n'as pas voulu avant-hier ?

Et tout le monde riait. Malheureusement, quand le film sortit en salle, tout le monde déchanta. Le public ne s'intéressa ni à l'histoire, ni aux personnages.

Tandis que Marlène continuait à refuser le mariage, Gabin commença à regarder des femmes beaucoup plus jeunes. Puis les infidélités surgirent, l'amertume, après l'échec de « leur » film. Ils se disputèrent plus méchamment qu'avant. Et le manque d'argent aidant, Marlène se décida à rentrer à Hollywood. Elle aimait encore Gabin au plus profond d'elle-même. Elle s'occupait de sa fille, qui faisait du théâtre et des émissions radiophoniques. Maria, mariée très jeune, venait de divorcer et de se remarier. Elle attendait un enfant. Ce fut un garçon. Marlène se vanta d'être la grand-mère la plus séduisante de l'histoire du cinéma.

Ensuite, elle tourna coup sur coup avec trois des plus prestigieux réalisateurs du monde : Billy Wilder, Alfred Hitchcock et Fritz Lang. Un critique écrivit alors : « Marlène est restée le modèle le plus convaincant de la femme fatale qui hante les rêves des hommes. »

La grande aventure, dans la vie, c'est ce qu'on devient soi-même et après quarante ans, on a enfin toutes les armes en main. Avec son mari, Marlène avait connu le mariage. Avec Sternberg, le métier. Avec Gabin, l'amour, l'amour et rien d'autre. Maintenant, elle ne voulait plus dépendre de personne. Elle se demanda alors comment exprimer tout ce qu'elle avait encore en elle. Le cinéma ? Elle avait tout connu, une gloire quasi inimaginable, et l'aventure de la création artistique avec Sternberg : impossible d'aller plus haut. En revanche, elle savait chanter et rien n'est plus excitant que la scène, l'irremplaçable contact avec le public. Sur scène, on est maître du temps. On le dirige. On n'est plus à la merci d'un metteur en scène qui dit « Coupez ! » et qui casse le rôle en mille petits morceaux pour les recoller ensuite selon son bon plaisir. Et puis, n'avait-elle pas déjà en quelque sorte rodé son *one-woman-show* pendant la guerre ?

Marlène avait trouvé sa voie. Elle mit donc au point un tour de chant divisé en deux parties. La première, pour les hommes, où elle apparaissait dans des robes très décolletées et moulantes, la deuxième, pour les femmes, où elle apparaissait habillée en homme, frac, smoking, chapeau claque. Elle fit alors le tour du monde.

Plusieurs fois, on érigea son portrait comme symbole de l'Orient-Express. Comme ce train mythique, elle était devenue l'emblème de cette Europe ouverte au monde. Allemande d'origine, francophile par excellence, elle porta en elle ce formidable message cosmopolite dépassant les frontières et les clivages conventionnels.

Dans la revue de très grand tirage *Life*, Hemingway consacra un éloge à Marlène dans lequel il écrivait : « je pense qu'elle sait mieux que personne ce que c'est que l'amour ».

Jean Marais garde un souvenir précis de cette femme étonnante. « Elle venait souvent avec Gabin dans la maison que Jean Cocteau et moi avions achetée. Nous discutions ensemble, de littérature. Ils s'étaient rencontrés pour la première fois à Hollywood, alors que Cocteau faisait le tour du monde en quatre-vingts jours, l'itinéraire de Phileas Fogg, de Jules Verne. »

En mai 1964, Marlène se rendit aussi à Moscou, où elle reçut un accueil extraordinaire. Lorsque l'écrivain Constantin Paoustovski vint la saluer, incapable de communiquer avec lui, elle tomba à genoux et se mit à pleurer. Lors de l'un de ses tours de chant, elle fut applaudie quarante minutes, après quoi elle déclara au public : « Il y a longtemps que je vous aime, parce que vous ne n'avez pas de demi-mesure dans le domaine des émotions. Vous êtes très malheureux ou très heureux. J'ai moi-même l'âme slave, et son esprit insolent, sa franchise, son érotisme ensorceleur. »

C'est ce jour-là que, dans sa bouche, j'ai entendu pour la première fois le nom Orient-Express, quand elle évoqua ses voyages lointains sur la scène moscovite. J'avais alors treize ans.

Le train des aventuriers

Dans le premier quart du XXe siècle, l'Orient-Express était aussi le repaire des aventuriers et des espions de tous les pays. Pendant des années, un étrange personnage sillonnait régulièrement l'Europe à son bord sous le nom d'Alexandre Parvus.

Riche marchand, courageux combattant sur les barricades de la révolution russe de 1905, ami de Trotski et agent bien rémunéré des services secrets allemands, il était à la fois un séducteur, un révolutionnaire convaincu et… un escroc.

Parvus était marqué par un dédoublement de la personnalité frôlant la schizophrénie politique.

Son vrai nom était Helphand. Né en 1867 dans une modeste famille d'artisans originaires de l'Empire des tsars, il fit de brillantes études à l'université de Berne, en Suisse. Dès l'âge de quatorze ans, il fut témoin des pogromes et fut à jamais marqué par la haine de la monarchie russe, symbole du mal absolu et de la réaction dans le monde. Désormais tous les moyens allaient être bons pour la détruire.

En Suisse, au tout début du XXe siècle, Parvus fit la connaissance des grandes figures de la sociale-démocratie mondiale. Polyglotte, fin théoricien et homme d'affaires rusé, il dirigea un journal socialiste avant de devenir le collaborateur régulier du journal fondé par Lénine, *L'Étincelle*.

Persécuté en Russie, expulsé de France, interdit de séjour en Angleterre, il s'installa à Munich, grâce à la complicité des socialistes allemands. Mais bientôt la révolution de 1905 éclata en Russie, lui permettant de donner libre cours à ses élucubrations. Son jeune ami Léon Trotski le gratifia alors du titre de « plus éminent marxiste à la frontière des deux siècles ».

Trotski, puis Parvus, dirigèrent à tour de rôle le premier soviet des députés du peuple de la capitale de l'Empire des tsars. Les principales unions professionnelles se créèrent à travers tout le pays ; le drapeau rouge fut hissé sur le cuirassé *Potemkine* ; les partis révolutionnaires et les syndicats organisèrent la première grève politique générale de l'histoire de la Russie, qui devait aboutir à l'insurrection armée.

Décrivant ces jours fatidiques, Parvus déclara : « Trotski et moi-même, nous étions les deux cordes de la harpe sur laquelle se jouait la tempête de la révolution. »

Mais les concessions du pouvoir et l'utilisation de la force accompagnée par les réformes tuèrent dans l'œuf le mouvement de révolte, obligeant les révolutionnaires à prendre de nouveau le chemin de l'exil.

1907-1908 fut la période la plus trouble de la vie de Parvus. De nouveau établi à Munich, il s'occupa davantage de ses affaires que de politique et devint très vite un des financiers en vue de la capitale bavaroise. Ainsi fréquenta-t-il assidûment l'Orient-Express et les grands palaces.

On se demandait d'où venait son argent et à ce sujet les accusations d'escroquerie fusaient de toute part[1].

Une accusation parvint du milieu révolutionnaire clandestin qui lui reprochait d'avoir extorqué des fonds pendant l'intérim de la présidence du soviet de Saint-Pétersbourg.

« *Nitchevo* ! Ce n'est pas grave ! » répondait Parvus à ses accusateurs, poursuivant ses menées dans les eaux troubles de l'affairisme mondial, si bien que les sociaux-démocrates allemands le bannirent et cessèrent tout rapport avec lui. Seul Trotski continua à côtoyer Parvus, non sans prendre toutefois quelque distance avec lui.

Pour l'heure, Parvus ne pensait qu'à son avenir et surtout à sa fortune et, au début du printemps 1910, doté d'un confortable pécule de cent trente mille marks or, il embarquait pour Istanbul à bord de l'Orient-Express.

Avec ses 150 kilos, son chapeau haut de forme, ses bottines à boutons laqués, il était imposant comme un ours. Un soir, il rencontra une femme en robe blanche et escarpins assortis, pourvue d'une immense coiffure et enveloppée dans un grand châle.

Un quart d'heure plus tard, l'ancien révolutionnaire dînait dans le wagon-restaurant en compagnie de la jeune femme et, dans la nuit, fixant sa bouche aux lèvres de pêche, il la conduisait dans son compar-

1. Ainsi l'écrivain russe le plus populaire de l'époque, Maxime Gorki, qui lui avait confié la collecte des recettes de sa pièce à succès *Les Bas-Fonds*, eut-il à s'en plaindre. En effet, Parvus devait garder 20 %, donner 40 % aux bolcheviks et 40 % au dramaturge. Or, il empocha la totalité des sommes et avec son insolence légendaire, affirma avoir « tout dépensé en compagnie d'une mystérieuse beauté italienne ».

timent. Celle-ci, qui s'était présentée sous le nom de la comtesse Benvenuto della Pietà, était en réalité une célèbre courtisane installée dans la capitale de l'Empire ottoman où elle bénéficiait de toutes les entrées. Parvus utilisa donc les relations de sa maîtresse pour refaire sa vie d'homme d'affaires et devenir bientôt le complice du Tout-Istanbul – source précieuse d'information pour l'ambassadeur d'Allemagne…

Ainsi construisit-il en cinq ans une situation enviable, se spécialisant dans la vente d'armes en provenance d'Allemagne, tout en cultivant ses contacts avec les services secrets.

En janvier 1915, l'ambassadeur allemand, lui aussi grand voyageur de l'Orient-Express[1], rapporta à Berlin les mots de Parvus, soulignant le fait qu'en Russie les intérêts du gouvernement allemand étaient identiques à ceux des bolcheviks : « D'une part, les démocrates russes n'ont pas les moyens, seuls, de renverser le régime. D'autre part, le succès de l'Allemagne dans cette guerre passe par le déclenchement de la révolution en Russie. Toutefois, même après la guerre, la Russie représentera toujours un danger pour l'Allemagne, sauf si elle est démembrée en plusieurs États séparés[2]. »

En réalité, l'objectif de Parvus était de manipuler tous les acteurs en présence, le kaiser, les révolutionnaires russes, Lénine lui-même, tout en se remplissant les poches[3].

---

1. Von Vangenhaim.

2. Cité d'après *The Merchant of the Revolution*, Oxford University Press London, 1966.

3. Un document provenant des archives allemandes révèle cette intention. Il s'agit d'un mémorandum intitulé *Préparation en vue*

Et dès la fin de l'année, Parvus devenait conseiller en titre auprès de l'état-major allemand. Les sommes qu'il percevait pour financer ses activités augmentèrent substantiellement (un million de marks or pour la seule année 1915).

Muni de ces subsides, Parvus trouva une astucieuse couverture en créant un « Institut de recherche des causes et des conséquences de la guerre mondiale ». Selon l'historien américain David Schub, il rencontra souvent Lénine durant le mois de mai 1915 à Zurich[1].

Parvus lui-même donna la version suivante de ces contacts. « J'exposais à Lénine mes vues sur les conséquences sociales et révolutionnaires de la guerre et attirais aussi son attention sur le fait qu'aussi longtemps que la guerre durerait il n'y aurait pas de révolution en Allemagne : la révolution n'était possible qu'en Russie, où elle éclaterait à la suite d'une victoire allemande. »

Les sources diplomatiques hongroises confirment que cette alliance avait bel et bien servi à financer les activités bolcheviques[2].

Le système imaginé par Lénine et Parvus avait tout d'une manipulation : circuits financiers opaques, nombreux intermédiaires couvrant les liens avec les services secrets allemands, sociétés écrans, etc.

Une autre étape de la coopération étroite entre

---

d'une grève de masse en Russie, dans lequel il se réfère aux conceptions défaitistes de Lénine. Ce projet parut suffisamment intéressant aux autorités allemandes pour que, le 7 mars 1915, le secrétaire d'État au trésor impérial affecte « deux millions de marks à la propagande révolutionnaire en Russie ».

1. Documents d'archives allemandes publiés dans *Novi Journal*, New York, 1967, p. 306-308.

2. Dmitri Vokogonov, *Lénine*, Novisti, Moscou, 1994.

Parvus et Lénine se profilait avec le retour d'exil du leader bolchevique en avril 1917. Un train, encore, allait changer l'histoire du XXe siècle[1]. Pour les Allemands, le retour de Lénine en Russie était un enjeu crucial car ils comptaient sur lui pour « affaiblir la puissance russe ».

Dans cette affaire, Lénine, n'étant pas dupe des véritables intentions de l'Allemagne, mena prudemment les négociations[2].

De plus, comme il savait qu'il pourrait être accusé d'espionnage en faveur de l'Allemagne – à cause de ses rapports avec Parvus –, il évoqua la nécessité de donner le statut d'extraterritorialité au wagon qui allait être utilisé pour le voyage. Les Allemands acceptèrent le marché et dégagèrent d'importants crédits pour financer l'opération et fournir le wagon plombé dans lequel Lénine, sa femme, sa maîtresse d'origine française, Inès Armand, ainsi que d'autres bolcheviks rentrèrent en Russie en avril 1917.

Parvus eut beau jeu d'affirmer que cette affaire avait contribué à changer « le cours de l'histoire mondiale » car la révolution bolchevique n'aurait pas été possible sans « son » wagon plombé, et que sans le coup d'État d'octobre la Russie ne serait pas sortie de la guerre.

La guerre priva Parvus de son train favori, puis il mourut, en novembre 1918, dans son château, en Suisse,

---

1. De sa propre initiative, Parvus s'occupa de l'organisation du voyage, n'hésitant pas à contacter à ce sujet non seulement le ministère allemand des Affaires étrangères, mais le Kaiser en personne.

2. Par l'intermédiaire des socialistes suisses Robert Grimm et Fritz Paten, étant de surcroît représenté par son adjoint au Politburo, Zinoviev.

où il avait coutume d'organiser de somptueuses fêtes costumées.

Le train, l'Orient-Express, comme son frère cadet le Transsibérien continuèrent néanmoins à apparaître sur le devant de la scène de la révolution russe, sous le signe de la tragédie. Ce fut à bord d'un train qui suivit la route du Transsibérien que, sous la surveillance de 327 hommes, le tsar et sa famille furent dirigés vers leur dernière demeure[1].

Dans le droit fil de Lénine, Trotski[2] installa son quartier général dans un train.

En effet, Léon Trotski, fondateur de l'Armée rouge et commissaire du peuple d'abord aux Affaires étrangères puis à la Guerre, sut utiliser avec habileté l'envoûtement pour son train personnel, cet état-major sur les rails, insolite et effrayant. Il était composé de plusieurs voitures dont un wagon-salon confortable qui était, avant la révolution, celui du ministre des Voies de communication du tsar, copie conforme des voitures de l'Orient-Express. Il y avait installé une bibliothèque et une salle de conférences et y recevait ses visiteurs étrangers.

Pendant plus deux ans, ce train fut sa demeure. « Et ces années, écrivit-il dans ses souvenirs intitulés *Ma vie*, je m'habituais pour toujours à écrire et à méditer avec l'accompagnement des ressorts Pullman et des roues. »

Le train de Trotski devint légendaire. Son passage provoquait un étrange mélange de sentiments : un

1. Via Tobolsk, à Ekaterinbourg, où ils furent assassinés.
2. Sans doute influencé par ses voyages à bord de l'Orient-Express à Vienne, Bucarest et Budapest en compagnie de son ami Parvus.

intérêt et une considération incontestables accompagnés d'effroi. Si Trotski savait utiliser les peurs irrationnelles, il ne méprisait pas la technique moderne. Deux énormes locomotives tiraient ce matériel alourdi par les blindages et surchargé d'équipement. Une station de radio, de télégraphie ; une imprimerie, des bains-douches, un atelier de réparation automobile, un garage pour ses fameuses voitures équipées de mitrailleuses et ravitaillées par un wagon-citerne à essence, sans oublier un générateur et des réserves d'armes et de munitions.

Et tandis qu'en Russie les trains luxueux devenaient les quartiers généraux des commissaires du peuple, l'Orient-Express continuait son aventure en Europe.

Le train des espions

Dans les années 1910-1930, la célèbre Mata Hari, tout comme le futur ministre von Papen, alors responsable des services secrets allemands en Turquie, empruntaient souvent l'Orient-Express. Margaretha Geertruida Zelle, Alias Mata-Hari, danseuse et agent double pour le compte de l'Allemagne, devint un personnage emblématique de notre train mythique.

Née en août 1876[1] dans une famille hollandaise de classe moyenne, elle se maria à l'âge de dix-huit ans avec un militaire de l'armée coloniale néerlandaise, qu'elle suivit à Java. Après son divorce, en 1901, elle devint danseuse sous le nom de Mata Hari, ce qui, en javanais, veut dire « Œil du matin ».

Mata Hari fut en quelque sorte la première stripteaseuse de luxe, effectuant des exhibitions très lucratives dans toutes les villes européennes. À Paris, elle comptait Cambon parmi ses amants, le secrétaire général du ministère des Affaires étrangères. Tous les dignitaires mettaient à ses pieds leur cœur et leur carnet de chèques. Puis elle prit goût aux officiers, surtout aux aviateurs, et quand la guerre de 1914 éclata, elle rentra

1. À Leeuwarden.

dans son pays natal et se fit entretenir par un colonel hollandais.

Citoyenne d'un pays neutre, elle continuait à se rendre à Paris, par l'Orient-Express. C'est alors qu'elle fut approchée par les services de renseignements allemands pour espionner les officiers français. Elle le fit de la manière la plus classique, en se glissant dans leur lit, car elle ne brillait pas – dit-on – par son intelligence. Mais lors d'un bref passage à Madrid, elle renoua avec un de ses anciens amants, attaché militaire allemand en Espagne. Ce dernier, pour s'en débarrasser, envoya un message chiffré à Berlin, sachant que le code secret de ce message serait percé par les Français. Elle annonça son arrivée en France et demanda un virement d'argent à son intention. Vite repérée par les services de contre-espionnage français, elle essaya de proposer ses services comme agent double. Sans succès. La tension politique et militaire en France à cette époque était telle que les autorités françaises trouvèrent habile de faire de cette séductrice de l'Orient-Express une véritable espionne, dangereuse pour un pays en guerre. Aussi futelle condamnée et exécutée pour espionnage en octobre 1917, condamnation accompagnée d'une formidable propagande dans tous les milieux civils et militaires.

Ainsi, cette femme, dont les mœurs étaient aussi légères que son esprit futile, bien incapable de mener à bien une action intelligente de renseignement, est passée dans la légende populaire comme le type même de l'héroïne sensuelle et ravageuse.

L'Orient-Express fut cependant aussi le repaire d'authentiques vedettes de l'espionnage du XXe siècle. Ces grands agents furent surtout soviétiques et leur engagement idéologique permit à Staline de monter un réseau d'espionnage sans précédent dans l'histoire mondiale. À tel point que le chef du Kremlin recevait les informations secrètes de l'Occident adressées au Premier ministre britannique, Churchill, ou au président des États-Unis, Roosevelt, avant leurs destinataires !

Le rôle de l'Orient-Express pour le renseignement du Kremlin m'a été révélé d'une manière inopinée au cours d'une longue interview d'un ancien président du KGB[1], qui me cita en vrac les noms des grands agents à qui le KGB avait payé les frais de voyage à bord de ce train de luxe : Philby, Eitingon, Marcader, Sorge… On eût dit que dans le cadre feutré du train s'était installé la fleur de l'espionnage mondial.

Dès les années vingt, le plus flamboyant des « grands illégaux » soviétiques, Dimitri Bystroletov, fut désigné comme principal pourvoyeur de codes secrets diplomatiques. Enregistré sous les indicatifs « Hans » ou « André », il opérait à l'étranger sous différents pseudonymes, avec de faux titres de noblesse. Né en 1901, cet extraverti à l'élégance remarquable, qui parlait couramment plusieurs langues, était le fils naturel d'une Cosaque et, il finit par s'en convaincre, de l'auteur dramatique à succès, le comte Alexis Tolstoï.

Ce héros de l'espionnage soviétique établissait rapidement des relations étroites avec les femmes et – selon la formule de ses supérieurs – partageait « allègrement leur lit ». En 1927, ce fut sur le chemin de Prague, dans l'Orient-Express, qu'il fit sa première conquête professionnelle notable en séduisant une jeune femme de

1. Semitchasny. Voir *Le Roman du Kremlin*, Éditions du Rocher ; Le Livre de Poche n° 30387.

vingt-neuf ans désignée sous le nom de code « Laroche » et travaillant à l'ambassade de France à Prague. Ainsi, durant les deux années suivantes, « Laroche » lui remit des copies du chiffre diplomatique français et des communications secrètes.

Puis l'Orient-Express devint le lieu de prédilection de cet agent pour recruter des espions.

Le 30 avril 1931, alors que le train commençait à s'enfoncer dans la nuit sombre des Alpes suisses, il tentait d'entamer la conversation avec le steward afin d'entendre les nouveaux potins mondains. Portant fièrement son costume bleu, petite casquette, gants blancs et galons dorés avec boutons assortis, celui-ci n'était guère du genre causant. Inutile d'espérer la moindre confidence. En revanche, dans le compartiment voisin se trouvait un petit homme au nez rouge beaucoup plus volubile. Son costume vert contrastait de manière frappante avec son porte-documents jaune. Cet homme d'affaires et aventurier suisse s'appelait en réalité Giovanni de Ry, nom de code Rossi. À sa descente de l'Orient-Express à Paris, l'homme au nez rouge s'engouffra dans un taxi et se rendit sur-le-champ à l'ambassade soviétique, où il demanda à rencontrer l'attaché militaire.

— Cette serviette contient les codes secrets et le chiffre italien, dit-il. Vous avez certainement des copies de télégrammes chiffrés de l'ambassade d'Italie. Prenez la serviette et vérifiez l'authenticité de son contenu. Quand vous vous en serez assuré, faites-en des photographies et donnez-moi 200 000 francs.

Giovanni de Ry proposa également, moyennant une somme équivalente, de fournir le prochain chiffre italien.

L'attaché militaire emporta alors les documents dans une pièce voisine, sa femme les photographia puis il les lui rendit en feignant l'indignation devant ces « faux », le traita d'escroc et lui ordonna de déguerpir. Il le menaça même d'appeler la police. L'agent potentiel disparut alors sans laisser d'adresse…

Cette bévue entraîna le rappel urgent de Bystroletov à Moscou où on lui montra l'instruction écrite au crayon, de la main même de Staline : « Rouvrir ! »[1]

Le maître espion fut donc sommé de retourner à Paris pour découvrir l'identité du mystérieux visiteur et rétablir le contact avec lui afin de lui soutirer d'autres codes secrets.

— Débrouillez-vous pour le trouver, lui enjoignit le chef des services secrets. Je vous donne six mois. Fréquentez donc les gares de l'Orient-Express et vous aurez probablement une chance de mettre la main dessus.

Il dénicha effectivement de Ry en Suisse.

Persuadé que celui-ci, après sa mésaventure, risquait de ne plus vouloir entendre parler des Soviétiques, notre maître espion décida d'utiliser la technique dite plus tard, dans le jargon de l'espionnage, du faux pavillon, et raconta qu'il travaillait pour les services secrets japonais.

Bien qu'il ne fût pas dupe longtemps, Giovanni de Ry accepta de lui vendre d'autres codes italiens – son fournisseur, expliqua-t-il, étant un diplomate italien corrompu. Ry fut payé en retour de 200 000 francs français…

En cette année 1931, de graves bouleversements

1. Témoignage du chef de cabinet de Staline, Pomaznev.

politiques provoquèrent une brusque interruption de l'Orient-Express. Tandis qu'en Allemagne Hitler prenait le pouvoir, en Russie soviétique, Staline, triomphant de ses adversaires politiques, s'était imposé comme l'homme fort du Kremlin, devenant le véritable dieu vivant du temple communiste. Depuis 1928, l'emprise du dictateur sur la vie du pays était totale. Ni les institutions légales, ni les statuts du Parti ou des grandes organisations sociales n'avaient d'importance réelle. Leur seul rôle était d'approuver, transmettre, appliquer les décisions de Staline. Mais dans le subconscient du pays, son rival Trotski, le fondateur de l'Armée rouge, restait la grande figure de la Révolution. Pourtant Staline, qui réussit à faire éliminer presque tous les « chefs historiques » de la révolution, décida d'exiler à l'étranger son principal concurrent.

Les deux leaders avaient des vues diamétralement opposées, s'affrontant dans leur conception même du communisme : l'un appelait à la révolution mondiale, l'autre à la construction du socialisme dans un seul pays. Et si Staline l'emporta, il n'en demeure pas moins que leurs deux doctrines, le trotskisme et le stalinisme, dominèrent près d'un demi-siècle toutes les philosophies du socialisme.

Le 10 février 1929, Trotski était expulsé de l'URSS :

« Notre train arriva à Odessa le 10, dans la nuit. Je contemplais par la fenêtre ces lieux que je connaissais bien ; j'avais passé dans cette ville sept années de ma vie d'écolier. Notre wagon de l'ancien Orient-Express fut attaché directement à la locomotive. Il gelait très fort. Bien que ce fût en pleine nuit, l'embarcadère était cerné par des agents et des troupes des services secrets. Là, je devais faire mes adieux à mon fils cadet et à ma bru, qui partageaient notre détention depuis quinze jours. Nous regardions par la fenêtre du wagon le bateau qui nous était destiné, sans cargaison et sans autre passager que nous. Il largua ses amarres vers 1 heure du matin. Sur un parcours d'une soixantaine de miles, la route nous fut ouverte par un brise-glace. La tempête qui sévissait ici ne nous atteignit que légèrement, d'un dernier coup de son aile. Le 12 février, nous entrâmes dans le Bosphore. Un officier de la police turque monta à bord… »

Arrivé à Istanbul, il lui fallut aussi gagner de l'argent pour faire vivre sa famille et tout le groupe de secrétaires et d'amis qui l'accompagnaient. Car Trotski avait quitté la Russie sans un sou[1]. Il se mit donc à écrire une série d'articles, réfutant toutes les accusations de Staline. Après quelques semaines, il put trouver une habitation convenable et y installer sa famille. La villa se situait dans l'île de Prinkipo, la plus grande de l'archipel des îles des Princes, dans la mer de Marmara, à quelques milles au large d'Istanbul. Parfaitement isolée, elle répondait bien aux impératifs de sécurité.

Le 17 février, *L'Humanité* annonçait simplement, par un petit entrefilet en page 3 : « Trotski, qui est arrivé à Istanbul dans la nuit du 12, avec sa famille, a été salué par le personnel du consulat soviétique. Il sera l'hôte du consulat soviétique où il habite avec sa famille. »

Ainsi tentait-on d'accréditer l'idée que Trotski avait

1. Contrairement au bruit répandu par ses ennemis, il ne semble pas qu'il possédait de comptes dans les banques d'Europe.

quitté librement l'URSS pour pouvoir continuer à l'extérieur sa campagne de calomnies commencée depuis des années.

Tandis que Staline avait déjà commencé à tisser le réseau d'espions et d'assassins qui allait « avoir raison du pouvoir des Soviets », la vie s'organisait dans la villa des Trotski. Curieux, sympathisants, espions peut-être aussi venaient frapper à la porte et les deux agents de police turcs ne pouvaient à eux deux protéger efficacement les lieux. Trotski s'efforçait donc lui-même de filtrer tous ces inconnus.

Debout dès 7 heures du matin, il disposait de longues journées pour un travail bien réglé, partageant son temps entre la rédaction de ses articles ou de livres et des entretiens avec ses nombreux disciples venus le voir du monde entier. Il lisait aussi des journaux, des œuvres politiques. Par son réseau clandestin, il se tenait parfaitement au courant des événements de Russie où une épouvantable famine dévastait le pays tout entier. Il savait également que les émeutes et les attentats se multipliaient…

Pendant les quatre années qu'il demeura dans l'île, il ne se rendit qu'une seule fois à Istanbul « afin de voir tout de même Sainte-Sophie ». En longeant la voie ferrée, il put contempler le lourd serpent formé par les voitures de l'Orient-Express qui indubitablement lui rappelait son propre train de l'époque de la guerre civile russe.

Si la proximité de la mer lui permettait de prendre des heures de répit, Trotski ignorait alors que Staline avait introduit un espion dans son cercle intime. Cependant, des rapports lui parvinrent assez rapidement selon lesquels un attentat se tramait contre lui. C'est pourquoi il écrivit le 4 janvier 1932 une lettre au Bureau politique du parti communiste à Moscou, dans laquelle il alléguait : « Staline en est arrivé à conclure que c'était une erreur de m'avoir exilé en pays étranger. » Trotski ne pensait pas si bien dire car le formidable réseau d'espionnage du Kremlin était en train de préparer un attentat contre lui, sous l'égide d'un de ses plus éminents agents, Leonid Eitingon.

Sévissant tantôt en Chine, tantôt aux États-Unis, souvent en Europe où il utilisait l'Orient-Express, il était apprécié de Béria, le chef de la police politique du Kremlin. Cependant, pour Staline, il avait trois défauts : ses origines juives, des parents à l'étranger et des missions trop fréquentes accomplies dans un cadre luxueux.

En 1936, Eitingon se distingua en Espagne pendant la guerre civile, d'abord sous le nom du « camarade Pablo », puis du « général Kotov » plusieurs fois mentionné par Hemingway dans ses descriptions de la guerre d'Espagne.

Taille moyenne, carrure trapue, de petits yeux perçants sous d'épais sourcils, il avait laissé pousser sa barbe pour cacher une cicatrice au menton.

Eitingon possédait un ascendant incontestable sur les femmes ; il avait aussi beaucoup d'argent : outre les centaines de milliers de dollars mis à sa disposition par le Kremlin, la fortune de sa famille à l'étranger était considérable. Les historiens russes lui attribuaient un proche parent, Max Eitingon, qui dirigeait une entreprise d'exportation de fourrure de zibelines, monopole d'État soviétique, finançant ainsi les opérations clandestines de Moscou. En dehors de ses activités lucratives, Max fut aussi un des élèves les plus appréciés de Sigmund Freud et l'un des « six apôtres » affectés à la propagation des idées freudiennes à travers le monde. Il dirigeait l'Institut psychanalytique de Berlin ainsi que l'Association psychanalytique mondiale.

Les compartiments de Leonid Eitingon dans l'Orient-Express étaient de hauts lieux de rencontre de Russes blancs mondains et distingués, d'agents du Kremlin et du gratin de la gauche européenne. On y lisait ses textes à haute voix, on y parlait de littérature, de psychanalyse et de politique. Eitingon devint ainsi le grand artisan des réseaux féminins de Staline en poussant sur le devant de la scène, en 1939, une belle aristocrate espagnole d'origine cubaine, Maria Caridad del Rio Ernandez, dont la famille était connue aux États-Unis et au Mexique pour son engagement dans la libération de l'Amérique latine. Son aïeul avait été vice-gouverneur de Cuba, et son grand-père ambassadeur en Russie.

Une épaisse tresse noire ceignait son front, mettant en valeur de beaux yeux sombres. Malgré un corps vigoureux, sa démarche élégante la faisait remarquer. Dans les années vingt, elle vécut à Bordeaux après avoir rompu un mariage tumultueux. Durant cette période, Caridad tenta par deux fois de se suicider. L'une aboutit presque. Elle avait absorbé une forte dose de poison, et il lui fallut un long séjour à l'hôpital pour se remettre. Puis elle rencontra un aviateur français, communiste convaincu, qui l'initia non seulement à l'amour mais aussi à la doctrine marxiste.

Une connivence particulière liait Caridad à son

deuxième fils, Ramon, qui désirait suivre les traces de sa mère dans son engagement politique. Il avait fait des études dans une école hôtelière à Lyon et était devenu assistant du directeur du Ritz, l'hôtel le plus élégant du Barcelone des débuts des années trente.

Maria Caridad et ses enfants participèrent plus tard activement à la guerre civile espagnole, du côté des républicains. Les vétérans du parti communiste espagnol la décrivaient comme une femme brillante, séductrice et fanatique, de surcroît un tireur d'élite exceptionnel.

D'après le témoignage de l'ancien président du KGB[1], Eitingon voyagea deux fois avec Maria Caridad à bord de l'Orient-Express, en 1936. Ainsi les compartiments feutrés de notre train mythique virent se transformer leurs relations en une « tendre amitié ».

Pour Eitingon, c'était « une femme à part ». Et quand le Kremlin fut mandaté pour trouver un tueur à gages capable d'assassiner Trotski, Eitingon songea tout de suite à Maria Caridad, qui avait déjà exécuté personnellement une vingtaine de trotskistes pendant la guerre civile en Espagne. Après avoir perdu son fils aîné durant cette guerre, Caridad n'hésita pourtant pas à associer son fils cadet, Ramon, à l'opération. « Ce sera mon cadeau à Staline », aurait-elle dit à son amant. Celui-ci décrivit ainsi le jeune homme : « Un Espagnol aux qualités de diversion exceptionnelles. »

Sur ordre de Staline, on peaufina le plan d'action : Ramon Marcader, alias Mornard, devait se présenter comme un homme d'affaires aisé, « un playboy », afin

1. Semitsiasny, *op. cit.*

de séduire la secrétaire de Trotski, Sylvia Angeleff et de s'introduire dans son entourage[1].

Eitingon et Maria Caridad accompagnèrent Ramon au Mexique où Trotski avait trouvé son dernier refuge. Petit à petit, Ramon Marcader devint inséparable de ce dernier. Chacun savait qu'il n'était pas seulement journaliste et homme d'affaires proche du fondateur de l'Armée rouge, il était aussi l'amant de sa secrétaire.

Le mardi 20 août 1940 à 17 h 20, les gardes du corps de Trotski virent la Buick de Ramon s'arrêter devant la villa de Coyoacán. Ce jour-là, le visiteur, dont la voiture leur était familière, ne se gara pas comme à l'accoutumée l'avant contre le mur mais fit une manœuvre et y colla son pare-chocs arrière. Deux voitures l'avaient suivi et l'attendaient en dehors de la propriété. L'une conduite par Maria Caridad, l'autre par Eitingon.

Trotski et son épouse se trouvaient près d'une petite cabane où ils venaient chaque jour nourrir leurs lapins. Les deux hommes échangèrent quelques mots puis, voyant Ramon, alias Mornard, fébrile, Trotski lui dit :

— Vous avez l'air malade, vous devriez aller vous reposer.

Visiblement, le fondateur de l'Armée rouge n'avait guère envie de corriger l'article apporté par Ramon. Finalement, après un haussement de sourcils, il entraîna le jeune homme vers la maison.

Trotski se cala dans un fauteuil. Ramon resta debout

---

1. Voir le témoignage du supérieur direct d'Eitingon et son ami personnel Soudoplatov : *Missions spéciales*, Fayard, 1998.

de manière à l'empêcher de donner l'alarme et déposa son imperméable sur la table afin d'en sortir discrètement l'arme fatale. Ramon raconta plus tard : « Fermant les yeux, je lui assenai un effroyable coup de pic à glace sur la tête. Il poussa un cri et s'écroula. Je n'oublierai jamais ce cri… » Trotski mourut le lendemain à l'hôpital.

L'assassin fut évidemment arrêté. Le Kremlin lui trouva alors les meilleurs avocats. Pour sa défense, Marcader invoqua une vengeance personnelle : Trotski l'empêchait d'épouser sa secrétaire. Il fut condamné à vingt ans de prison. Des années plus tard, Alain Delon incarna le personnage de Ramon Marcader au cinéma dans *L'Assassinat de Trotski*. Leur ressemblance est d'ailleurs confondante. Le jour même du crime, Eitingon et Maria Caridad rejoignaient Moscou par des voies différentes. Lui par Paris, elle via Bucarest, sans doute en souvenir des moments inoubliables passés dans notre train mythique avec ce maître espion du Kremlin. Staline décerna à Marcader l'Étoile du héros de l'Union soviétique. (Cette décoration suprême fut remise à sa mère.) Cependant un grand désenchantement attendait Maria Caridad à Moscou. Trouvant en Eitingon « un compagnon délicieux, un fin gourmet sachant déployer un charme incomparable », elle aurait espéré partager sa vie, mais elle constata vite qu'il n'avait jamais réellement pensé à l'épouser. Tenu désormais par la réserve de ses fonctions et par ses obligations familiales, Eitingon s'éloigna d'elle.

Pendant la campagne antisémite en URSS du début des années cinquante, Eitingon fut emprisonné puis libéré avant d'être de nouveau rejeté dans les geôles soviétiques[1].

Maria Caridad chercha alors le réconfort auprès de réfugiés espagnols à Moscou. Ainsi, dans la chaleur d'une nuit d'amour, raconta-t-elle avec fierté ses voyages à bord de l'Orient-Express pour préparer l'assassinat de Trotski. Mais le confident volage quitta bientôt l'Union soviétique pour l'Occident et y révéla la véritable identité de l'assassin de Trotski.

Paradoxalement, les conditions de détention de son fils dans sa geôle mexicaine s'améliorèrent à la suite de cette révélation. Il purgea malgré tout sa peine et fut libéré le 20 août 1960. Dès son retour à Moscou, le président du KGB de l'époque[2] lui remit officiellement ses décorations. Marcader travailla quelques années à Moscou, tandis que son maître à penser Eitingon était toujours en prison. L'assassin de Trotski essaya en vain de l'aider en intervenant en sa faveur auprès du Kremlin mais fut vite enjoint de se mêler de ses affaires. Ramon Marcader quitta Moscou en 1975 pour Cuba où il fut conseiller de Fidel Castro avant de mourir trois ans plus tard. Son corps fut ramené en URSS où il fut inhumé en grande pompe avec les honneurs réservés aux héros de l'Union soviétique. Des officiers du KGB en cocarde verte précédaient l'orchestre de l'Armée rouge, suivis des régiments d'élite, qui lentement conduisirent la dépouille du « camarade Marcader » à sa dernière demeure.

Eitingon, libéré en 1973, essaya de se faire oublier.

1. Accusé par Khrouchtchev de connivence avec l'« ennemi du peuple » Beria.

2. *Op. cit.*

Sans perdre son humour légendaire il se plaisait souvent à dire : « Pour vivre tranquille en Union soviétique, il aurait sans doute fallu ne pas naître juif, être général des services secrets et éviter les compartiments feutrés de l'Orient-Express ! » Ce maître espion mourut dans son lit en 1981. Après l'écroulement de l'URSS, les procureurs militaires déclarèrent que les accusations formulées contre lui avaient été évidemment fabriquées. Ainsi, fut-il réhabilité *post mortem.* Le cas de Maria Caridad ayant été significatif pour le Kremlin, on forma d'autres couples d'espions, plus performants qu'un agent isolé. Ainsi de nouveaux tandems de voyageurs circulèrent-ils à bord de notre train mythique.

Une autre grande espionne, la Roumaine Élisabeth Zaroubina, apprécia également les voyages de luxe.

De grands yeux bruns, des traits réguliers et des cheveux nattés tombant sur la chute des reins, elle aimait porter de beaux vêtements et des fourrures de prix. Elle aurait pu se marier bourgeoisement et devenir comme les Roumains nantis une habituée de la ligne Bucarest-Paris, mais le destin en décida autrement. En effet, son frère, chef de l'organisation militaire du parti communiste de Bucarest, fut tué dans une fusillade lors d'une tentative d'évasion. Alors à peine âgée de quatorze ans, la jeune fille se jura de le venger et se jeta à corps perdu dans un engagement fanatique.

Polyglotte, elle parlait couramment le français, l'anglais, l'allemand et l'hébreu. Toutes ces langues allaient lui être d'une grande utilité car son futur réseau d'espionnage serait formé de réfugiés de toute l'Europe centrale.

À son arrivée en Union soviétique, en 1919, la belle

Élisabeth se lia avec un ancien terroriste du parti socialiste révolutionnaire[1]. Leur idylle dura jusqu'en 1930. Mais Élisabeth était prête à tout pour la cause révolutionnaire, même à sacrifier son amour. Ayant appris au cours de l'un de ses voyages clandestins en Turquie que son amant menait un double jeu et entretenait des contacts directs avec Trotski, elle n'hésita pas à le dénoncer aux staliniens et il fut fusillé.

Plus tard, lorsqu'elle commença à travailler pour les services secrets soviétiques, elle épousa un des officiers les plus cotés du renseignement du Kremlin[2].

Rarement à Moscou, le couple sillonnait l'Europe. Connus des maîtres d'hôtel de la voiture-restaurant de l'Orient-Express, ils étaient remarqués pour leur élégance vestimentaire. Associant savamment les coloris de leurs costumes, ces agents chevronnés dégageaient une distinction au-dessus de tout soupçon.

À la veille de la Deuxième Guerre mondiale, ils rencontrèrent à bord du Paris-Vienne une autre maître espionne, l'actrice Olga Tchekova[3]. Celle-ci, grande amie d'Eva Braun, informait régulièrement Staline de ce qui se passait à Berlin. Olga était en étroite relation avec les services secrets du Kremlin depuis plusieurs années et son chef, Beria, s'occupait personnellement de ce contact. Il traitait d'ailleurs ses agents avec beaucoup d'égards. Connaissant leurs goûts, il ne manquait jamais de les couvrir de petites attentions. Après

1. Jacob Blumkine, rendu célèbre grâce à sa participation dans l'assassinat de l'ambassadeur d'Allemagne en Russie, le 6 juillet 1918, et devenu haut fonctionnaire de la police secrète.
2. Le général Zaroubine.
3. Épouse d'un parent du dramaturge Tchekhov.

la Deuxième Guerre mondiale, Tchekova tomba sous la coupe du contre-espionnage soviétique et Beria dut intervenir pour récupérer cette « mine d'informations », voyageuse effrénée de l'Orient-Express, dont les services étaient « inestimables »…

Agatha Christie ou l'amour de l'Orient

Les mœurs de l'Orient-Express et de ses réseaux d'espionnage furent minutieusement observées par la célèbre romancière anglaise Agatha Christie, qui porta au pinacle la légende de ce train mythique.

Agatha pouvait-elle imaginer, en 1930, alors qu'elle se rendait au Caire à bord de l'Orient-Express[1], combien son existence allait en être modifiée ?

Cette Anglaise discrète s'amusait à observer attentivement la valse des va-et-vient dans les couloirs. Elle n'était pas issue des services secrets, pourtant on aurait pu dire qu'elle espionnait. Elle laissait en Angleterre une enfance heureuse passée dans un manoir victorien, l'échec d'un premier mariage et une carrière littéraire déjà bien avancée. Depuis toujours Agatha avait été fascinée par l'Orient. Elle avait découvert l'Égypte à l'âge de vingt ans avec sa mère et consacré une nouvelle à la tombe de Toutankhamon.

Pour effectuer cette excursion, ses hôtes la firent accompagner par un jeune assistant prometteur, Max Mallowan, qui devint son guide. Agatha était âgée de quarante ans, Max n'en avait que vingt-six. Le jeune

---

1. Invitée par les archéologues Leonard et Katherine Woolley.

homme n'était guère conquis par sa célébrité puisqu'il n'avait jamais lu aucun de ses romans. Il était tout simplement subjugué par son intelligence. Et six mois plus tard, ils étaient mariés.

Commença alors une vie de voyages au gré des fouilles entreprises par son mari. Si l'Orient-Express fut le train des espions il fut également celui des archéologues. Ainsi eurent-ils l'occasion d'y côtoyer un autre couple d'archéologues qui n'était autre que celui des grands-parents de notre héroïne Anna. Son grand-père avait en effet été envoyé en Égypte en mission d'exploration.

Le voyage se poursuivit dans une totale communion et une franche bonne humeur. Tous les quatre, passionnés, passaient leurs journées à peindre, à écrire, à étudier, à photographier. À l'issue de cette mission, les couples se perdirent de vue avant de se retrouver pendant la guerre. Le mari d'Agatha travailla en Orient, parfois en Égypte, essentiellement en Syrie et en Irak. Sa femme l'accompagnait toujours dans ses périples, en travaillant, et souvent durement, pour lui. Elle prenait des photos, restaurait des poteries, étiquetait les objets trouvés et continuait à écrire ses romans.

Agatha et Max voyageaient souvent à bord de l'Orient-Express avec des piles de bagages, avant de demeurer pendant des mois au cœur du désert où ils s'étaient fait construire une maison. Ces voyages inspirèrent d'ailleurs à l'écrivain trois célèbres romans : *Mort sur le Nil, Le Crime de l'Orient-Express* et *Meurtre en Mésopotamie.*

La Seconde Guerre mondiale mit fin à cette vie de rêve. Agatha resta alors seule à Londres. Puis son mari, officier de l'armée britannique, fut nommé à Tripoli. Il parlait en effet couramment l'arabe, ses connaissances du terrain étaient d'une valeur exceptionnelle. Ensuite le couple retourna en Irak où Max devint directeur de l'École d'archéologie. Ils se firent alors construire une deuxième maison, cette fois au bord du Tigre où ils passaient jusqu'à six mois par an.

Mais laissons à Agatha Christie le soin de nous raconter ses voyages à bord de l'Orient-Express.

« Nous partons ! Victoria Station, porte ouverte sur le monde, comme j'aime ton quai qui mène à l'Europe continentale – et comme j'aime les gares en général ! J'inhale cette odeur sulfureuse avec délectation ; elle est si différente de celle d'un bateau, huileuse, qui me déprime toujours car elle présage la nausée des jours à venir. Mais un train, qui s'ébroue et s'active, avec sa locomotive à vapeur lançant des nuages et qui semble dire d'un ton impatient : "Je dois je dois partir, je dois partir !" Ça, c'est un ami ! Il exprime votre état d'esprit car vous aussi vous répétez : partir, partir, partir, partir…

Nous montons à bord du pullman, le train pousse des grognements et se met en marche. Nous voilà PARTIS. Pendant quarante-cinq secondes environ je me sens anéantie mais, tandis que nous laissons Victoria Station derrière nous, l'exultation jaillit une fois de plus… Notre voyage merveilleux et excitant vient de commencer.

Une voiture pullman a quelque chose d'imposant et de guindé, bien qu'elle soit loin d'être aussi confortable que le moindre recoin d'un compartiment de première classe traditionnel. Nous voyageons toujours à bord d'un pullman à cause des valises de Max, et seulement pour cette raison, car aucun autre type de wagon ne les tolérerait. Ayant un jour égaré ses bagages, Max ne veut plus faire courir aucun risque à ses précieux livres...

Nous passons enfin le portillon d'accès aux quais. Le Simplon Express nous attend pour un voyage à travers l'Europe. Il y a de longues années de cela, quand je me rendais à Paris ou sur la Côte d'Azur, j'étais toujours fascinée en apercevant l'Orient-Express à Calais et je me rêvais passagère de ce train. Depuis lors il est devenu un ami, mais le frisson n'a jamais complètement disparu lorsque je voyage à son bord ! L'Orient-Express est sans conteste mon train préféré. J'aime son tempo, qui commence avec un allegro furioso – le train tremble, crépite et projette en tout sens dans sa hâte folle de quitter l'Occident – et se transforme petit à petit en un tango tandis qu'il poursuit sa route vers l'Orient... »

Les faits réels ont toujours été au centre des romans d'Agatha Christie. Ainsi la romancière anglaise choisit-elle de situer l'assassinat d'un étrange voyageur américain dans l'Orient-Express, quand, en 1929, le train resta bloqué pendant cinq jours par une tempête de neige, à –25 °C, à 130 km d'Istanbul. D'ailleurs les archives de l'auteur prouvent qu'elle relevait d'une manière méthodique les nombreuses énigmes sur l'Orient-Express, comme l'attentat du 21 septembre 1931 en Hongrie, qui fit 20 morts et 110 blessés, parmi lesquels Joséphine Baker.

La guerre

Dans les années trente, l'Orient-Express devint une des hantises d'Adolf Hitler. Ce dernier ne supportait pas ce train, qui reliait la France et l'Angleterre à Venise et à la Yougoslavie, évitant entièrement les États allemands et autrichiens.

Dès mars 1938, après l'annexion de l'Autriche à l'Allemagne par l'Anschluss, les chemins de fer du Reich prirent la relève des chemins de fer autrichiens et transférèrent tous les contrats germano-autrichiens de la Compagnie internationale des wagons-lits à la Mitropa. La crise des Sudètes et l'écrasement de la Tchécoslovaquie confirmèrent la domination allemande sur les chemins de fer de la région.

L'autonomie de la Slovaquie, la mise en place du protectorat nazi de Bohême-Moravie contribuèrent à des modifications territoriales. Dès la déclaration de « la drôle de guerre » (septembre 1939 – début 1940), l'Orient-Express fut supprimé. En revanche, le Simplon Orient-Express continua de circuler luxueusement jusqu'à Istanbul et Athènes, acceptant même, à Belgrade (la Yougoslavie était alors neutre), des voitures venant de Berlin. Certains tronçons fonctionnaient encore[1] mais en grande partie sous contrôle allemand. Hitler, qui aimait les symboles, fit signer l'armistice à Rethondes, dans le wagon même où Foch avait signé la victoire le 11 novembre 1918...

Après l'invasion de la France et l'armistice de juin 1940, les services de la Compagnie des wagons-lits furent mis sous contrôle allemand en Italie, en Serbie, en Croatie, en Hongrie, en Bulgarie et en Roumanie. Le roi roumain Carol II eut d'ailleurs la vie sauve grâce à l'Orient-Express, y faisant accrocher son train spécial. Ayant abdiqué le 6 septembre 1940, il put s'enfuir avec sa famille, en compagnie de sa maîtresse déguisée en cuisinière[2].

Puis le Simplon Orient-Express fut à son tour supprimé, le 16 mars 1942. Tout le réseau éclaté, démantelé comme l'Europe, se réduisit à quelques voitures-lits[3].

Néanmoins l'Allemagne hitlérienne tenta de faire circuler un substitut de l'Orient-Express sous la forme d'un train de luxe réservé à la fine fleur nazie, pour confirmer la domination allemande sur l'Europe. Mais, très vite, les voyageurs de ce train connurent les dangers de la bataille du rail menée par les résistants (de nombreux agents de la compagnie y participèrent). Coupées de leur base, différées, réquisitionnées, endommagées ou détruites, les voitures-lits et voitures-restaurants de l'Orient-Express furent transformées en trains d'état-major et trains sanitaires.

1. Munich-Bucarest, Zurich-Bucarest.

2. Magda Lupescu. Voir Jean des Cars et Jean-Paul Caracalla, *L'Orient-Express*, Éditions Denoël, 1995.

3. Assurant des liaisons internationales limitées : Budapest-Bucarest, Budapest-Belgrade, Bucarest-Belgrade, Belgrade-Sofia, Sofia-Istanbul, la Mitropa exploitant ses services jusqu'à Salonique.

Les habitués de ce curieux train évoluaient de Berlin aux Balkans via Vienne essentiellement pour satisfaire des dignitaires nazis et leurs alliés, comme le maréchal roumain Antonescu, l'amiral hongrois Horthy, mais aussi l'amiral Canaris, chef des services secrets nazis, ou Franz von Papen, qui dirigeait l'espionnage allemand à Ankara. Pour autant, le train continuait à être le dernier refuge de l'aventure : on y côtoyait alors les rois en exil, des grands-ducs ruinés, des comtes authentiques et des barons douteux, des femmes du monde et des hirondelles de palace. Exceptionnellement, quelques diplomates de pays neutres pouvaient monter à bord.

Durant cette période, les grands-parents d'Anna n'utilisèrent qu'une seule fois l'Orient-Express quand la Deuxième Guerre mondiale les rattrapa, en Égypte où ils poursuivaient leurs fouilles archéologiques. Ils s'étaient fait de nouveaux amis, un couple proche du roi, la princesse Shavikiar et son mari, Hyssey El Arni Pacha.

Tous quatre devinrent inséparables, mêlant habilement les intrigues amoureuses, les affaires et la politique. En février 1941, l'Afrika Korps avait débarqué en Libye. La guerre ravageait l'Europe. Allemands et Anglais se livraient une lutte sans merci pour assurer leur influence en Égypte.

Au beau milieu de cette tourmente, l'hôtel particulier des éminents archéologues, au Caire, était un véritable havre de paix où ils organisaient des soirées de bienfaisance. Leur nouvel ami obtint alors du roi Farouk la permission d'ouvrir des tables de jeu au profit de ses bonnes œuvres et les bénéfices ne tardèrent pas à abonder. Seul un diplomate anglais savait qui était exactement ce play-boy archéologue et pour quelle obscure raison il se trouvait au Caire. En réalité il travaillait pour les services secrets anglais et avait été recruté grâce à l'entremise d'un de ses collègues britannique. Puis, quand la guerre tourna à leur avantage, les Anglais demandèrent que « les archéologues » – tel était leur nom de code – se rendent clandestinement à Prague pour maintenir une liaison avec un certain Raoul Wallenberg, diplomate, membre d'une riche famille de banquiers scandinaves.

Juste après le débarquement allié en Normandie, au début de l'été 1944, Wallenberg, sujet suédois – donc neutre –, rencontra près de Stockholm l'ambassadeur américain[1]. Celui-ci lui transmit d'une manière concise la proposition suivante : « Acceptez-vous de vous rendre en Hongrie pour sauver les juifs survivants du ghetto de Budapest menacés de la chambre à gaz et des camps de concentration ? Le seul moyen est le train Berlin-Budapest. Des fonds illimités vous seront alloués, dans la monnaie de votre choix. Cela dépendra de ce que vous pourrez emporter. Vous serez aidé par un couple d'agents anglais redoutablement efficace basé à Prague. Je dois vous préciser que, officiellement, le consul général de Suède à Budapest ne saura absolument rien de votre mission pour le compte des États-Unis... Vous serez officiellement troisième secrétaire et je vous rappelle qu'étant neutre même une activité purement humanitaire pourrait être compromettante pour votre pays... [2] »

1. Herschel V. Johnson, représentant spécial du président Roosevelt au Comité suédois des réfugiés.

2. Voir *The Angel Was a Spy*, Random House, New York, 1990 et Jean des Cars et Jean-Paul Caracalla, *op. cit.*

Raoul Wallenberg répondit oui, sans la moindre hésitation.

Huit jours plus tard, il franchissait la frontière du Danemark occupé, avec en poche de l'argent allemand et hongrois. Dans ses valises, des sommes plus importantes, et surtout, une liste de Hongrois antinazis ainsi que des membres de l'administration Horthy, préparant secrètement des négociations avec les Soviétiques. Il resta trois jours à Berlin, le temps que son ambassade lui réserve une place dans l'Orient-Express allemand. Et, en juillet, le Suédois s'installait à bord de ce train qui ne comportait plus alors que trois voitures endommagées.

Raoul Wallenberg devint donc un agent américain, recruté par l'antenne de l'OSS en Suède. Leur réseau était pratiquement inexistant en Hongrie et Tchécoslovaquie. Pourtant, ces pays occupant une position clé en Europe, la connaissance de leur évolution politique était essentielle. Bien que le régime du régent hongrois fût en train de rompre avec l'Allemagne, la Suède, pays neutre, dut toutefois céder à plusieurs reprises aux exigences d'Hitler, en particulier dans le domaine économique et industriel. Ainsi Wallenberg se trouva-t-il placé dans une position exceptionnelle pour collecter des renseignements sur la situation politique et militaire en Hongrie où s'opposaient les forces allemandes et soviétiques.

Paradoxalement, malgré leur travail avec Wallenberg, les grands-parents d'Anna connurent dans leur clandestinité un véritable regain d'amour à Prague. Loin de l'Orient, l'archéologue redevint un époux attentionné. Bravant tous les dangers, main dans la main, ils parcoururent les rues de la vieille ville, admirant le château qui domine la cité, les ponts baroques, les monuments flamboyants. Il y avait quelque chose de désespérant, quoique incompréhensible, dans le rythme de ces toitures pointues, ventrues, qui réunirent sous l'occupation nazie l'Est et l'Ouest. La Vltava, après avoir traversé la Bohême à grands flots, reposait là, tranquille, calme. Le soir venu, dans les brumes mauves du crépuscule, le couple attendait comme chaque jour des nouvelles de ses contacts clandestins, dans le petit appartement qui lui avait été alloué. Zina y avait ajouté ses touches de couleur et de fantaisie habituelles. Puis le grand-père d'Anna prit une dernière fois le train allemand, pour y rencontrer de nouveau Raoul Wallenberg.

Mais, à la libération de la ville, en 1945, le couple disparut, supposé mort dans le bombardement de Prague. Après, ce fut le tour de Raoul Wallenberg. Le 17 janvier 1945, à l'arrivée des forces de l'Armée rouge à Budapest, il se rendit à leur quartier général[1], où il fut arrêté sur ordre du vice-ministre de la Défense soviétique, Boulganine. Transféré à Moscou, il fut incarcéré[2].

Wallenberg refusa toute forme de coopération avec les services secrets soviétiques. Le silence tomba sur son sort. En juillet 1947, la Suède demanda en vain sa libération. En février 1957, Gromyko, ministre des Affaires étrangères du Kremlin, annonçait que Wallenberg était mort d'une crise cardiaque dans sa prison de Moscou… Bien plus tard, le maître espion soviétique

1. À Debrecen.
2. À la prison de Lefortovo.

Soudoplatov révéla qu'il avait été fusillé à cette époque et son corps brûlé par ses geôliers. En 1981, le Congrès américain nomma à l'unanimité Wallenberg « citoyen d'honneur des États-Unis ».

Budapest

Cette histoire émouvante reste l'une des plus exemplaires du rôle joué par les trains pendant la guerre.

Après la guerre, l'avion et le rideau de fer allaient avoir raison de notre train de luxe. « Si les millionnaires d'autrefois se réveillaient dans notre Europe, écrivait Paul Morand dans les années 1960, ils constateraient que l'Orient-Express n'est plus un train de luxe mais le rapide de la mort, celle de l'Europe. Le halètement de sa locomotive est celui d'un cœur à la veille de l'infarctus. »

Pourtant, pour Mac Orlan, « si tout a été dit sur la chanson des roues ou les pulsations des machines de haute mer, il reste à dire beaucoup sur la solitude mobile des cabines et des compartiments réservés à l'usage d'un seul individu, bien installé dans cet admirable confort qui se déplace jour et nuit en respectant les vitesses indiquées par les grands horaires. Le mobilier de ces cellules est charmant : un divan, une petite table, un cabinet de toilette de poche. La table se replie devant la vitre qui ressemble à un écran. Le paysage se déroule comme un film ; le jazz obscur et docile se conjugue avec la sensibilité du voyageur. Ce jazz se compose de plusieurs centaines de roues et d'un sifflet puissant qui arbitre les souvenirs… C'est sans doute dans une de ces cabines des chemins de fer transeuropéens que j'ai discipliné mon émotion devant les images de l'avenir. L'avenir, c'était le prochain arrêt, les uniformes inconnus, des lumières parfois glacées, des soleils et leur épanouissement à la bonne franquette, des chansons inoubliables, des mots inconnus qui rendent les gens aimables »...

Quand le steward fit monter Anna et Kaï dans une des mythiques voitures bleues soulignées d'un filet d'or de la Compagnie de l'Orient-Express, il s'attendait encore à rencontrer la clientèle d'autrefois, celle des congrès internationaux dans les petites villes d'eau allemandes, celle des yachts diplomatiques sur le Bosphore, des fêtes somptueuses et des palaces majestueux. Cependant, en cette aube du XXIe siècle, la majorité venait, comme nos jeunes New-Yorkais, des États-Unis.

À 21 h 30, le train s'ébranla enfin et fila vers l'Est sous un ciel balayé de rose et d'or : direction la Hongrie, où Kaï devait de nouveau rencontrer Alexandre Yakovlev, à Budapest...

La Hongrie, pays des *limes*, frontières de l'Empire romain, ce long mur qui courait dans les plaines et dont on peut voir encore les vestiges dans les faubourgs de Pest. Cela lui valut une histoire tourmentée, toujours pressée par les invasions venues de l'est et du sud ; elle fut, pendant la guerre froide, au carrefour de l'Est et de l'Ouest.

Anna et Kaï savaient combien la cour des princes Esterházy[1] avait attiré aux XVIIIe et XIXe siècles de pres-

1. Eisenstadt. Voir Jean-Dominique Giulani, *Quinze + dix : le grand élargissement*, Albin Michel, 2003.

tigieux artistes de toute l'Europe, en particulier Haydn. Tous deux aimaient particulièrement aussi Franz Liszt et Béla Bartók, ces musiciens qui avaient œuvré pour la renommée de ce pays dans le monde. Mais, malgré leur facilité à se familiariser avec divers idiomes, à leur arrivée à Budapest ils furent déconcertés par cette curieuse langue de racine finno-ougrienne venue de derrière l'Oural.

Les Hongrois sont entreprenants, commerçants et sensibles aux évolutions du monde ; d'ailleurs, ils apportèrent une importante contribution à la Renaissance et eurent un véritable engouement pour le siècle des Lumières.

Des montagnes du Nord dominant le lac Balaton, la plus grande réserve d'eau douce d'Europe centrale, jusqu'au Danube, la Hongrie est ouverte sur le monde, vers ses voisins, à tous les vents. Ce furent d'abord les Ostrogoths, les Huns et les Avars qui s'en emparèrent jusqu'à l'arrivée des Magyars. Cette tribu finno-ougrienne sut, malgré quelques déboires, s'entendre avec le Saint Empire romain germanique sans en faire vraiment partie. En l'an 1000, le premier roi de Hongrie, Étienne Ier, fonda la dynastie des Arpad et christianisa le pays. La dynastie des Anjou y prit pied dès 1310 avec le couronnement de Charles Robert. Puis ce furent les Ottomans de Soliman qui l'occupèrent en 1526 et mirent à sac Buda. Les Habsbourg, enfin, la conquirent au nom de l'Église, jusqu'à ce que la Révolution française y diffuse ses idées et conduise à la révolution hongroise de 1848. En 1867, l'Autriche et la Hongrie devenaient les deux monarchies d'une même couronne, celle de François-Joseph. Le traité de Trianon, le 4 juin

1920, amputa la Hongrie des deux tiers de son territoire. Puis l'engagement du Régent[1] aux côtés d'Hitler fut à l'origine des bouleversements tragiques du destin hongrois. Après la Deuxième Guerre mondiale, les Soviétiques imposèrent un gouvernement communiste qui, malgré la révolte de 1956, écrasée dans le sang par l'Armée rouge, survécut jusqu'en 1989. Cependant, dès 1968, les premières réformes introduisirent timidement les lois du marché. Puis les changements s'accélérèrent.

Après la fin de la guerre froide, la Hongrie ne semblait pas avoir de difficulté à s'insérer dans la nouvelle Europe. D'ailleurs, en 1989, les Hongrois contribuèrent à créer cette nouvelle Europe en ouvrant ses frontières aux Allemands de l'Est qui convergeaient vers elle, pour contourner le mur de Berlin.

« La Hongrie est naturellement un pays de l'Orient-Express puisqu'elle a toujours été européenne. C'est heureux qu'elle ait retrouvé, en Europe, la place qu'elle n'aurait jamais dû quitter », décréta Anna à son époux, confortablement installée dans leur chambre d'hôtel. Le Gellert, tel est son nom, n'a qu'un siècle, mais ses bains en comptent vingt. Là, pourtant, en l'espace d'un siècle, rien de l'histoire souvent dramatique de Budapest ne lui fut ménagé. Tous les régimes y sont partis.

À l'époque où l'Empire romain s'étendait déjà, les légions envahirent la future Buda[1] qui comportait des thermes édifiés parmi les collines. On ignore si les Huns, les Goths, les Lombards, les Avars, les Hongrois, suc-

1. Horthy.
2. Aquincum.

cesseurs des Romains, furent animés d'un même souci de propreté. En revanche les archives sont formelles, les premiers rois de la dynastie Arpad fréquentaient les eaux.

Le site de l'hôtel Saint-Gellert, jadis un village, possédait dès 1178 un hôpital dont les bains chauds et sulfureux assurèrent sa notoriété. Leur premier éloge date de 1433. Un Français, le chevalier de la Brocquière, au retour d'un pèlerinage, se félicita des « très bons bains tièdes de ce côté aussi bien que de l'autre côté, dans les murs de la ville ».

Les Ottomans, qui pendant cent cinquante ans sévirent en Hongrie, ne favorisèrent guère l'ouverture au grand public. Les célèbres « Bains des Vierges » étaient réservés aux pucelles destinées au harem. Bien plus tard, Léopold II de Habsbourg offrit les bains, en 1687, au médecin de la Cour, à la mort duquel ils devinrent propriété de la ville. En 1827, faible résidu de l'intransigeance ottomane, les bains furent divisés en deux : les hommes, les femmes. Cette séparation dure toujours. Le 26 septembre 1918 les « Bains médicinaux et Hôtel Saint-Gellert » étaient inaugurés.

Nos jeunes voyageurs new-yorkais firent la sieste à l'ombre des bosquets en fleurs de Saint-Gellert. « Qu'il continue à veiller sur nous ! » songeait Anna.

Avant que la nuit tombe et que le Danube s'illumine, le couple partit en promenade. Ils empruntèrent le funiculaire pour quitter le quartier du château et descendre jusqu'au pont des Chaînes, dont la traversée à pied leur donna la mesure de l'immensité du Danube. À Pest, ils visitèrent la plus grande synagogue d'Europe, qui rappelle l'importance de la communauté juive hongroise avant guerre. Autre moment d'émotion extrême, la visite de la Maison de la terreur, haut lieu d'incarcération et de torture des juifs, puis des opposants au communisme.

La traversée de la ville s'acheva bien entendu aux bains. En somme, dit Anna en riant, Budapest est la quintessence du bain de culture ! Mais le soir, au dîner, devant son foie gras frais de canard, délicieusement rose, servi chaud avec une julienne de poivrons et accompagné d'un tokay aux raisins nobles, Anna cachait mal son impatience à la veille de la rencontre avec Alexandre Yakovlev.

L'ancien numéro deux de Gorbatchev se présenta au Saint-Gellert le lendemain vers 11 heures. Quand elle vit s'avancer vers elle le vieux monsieur, Anna sentit son cœur s'emballer.

— On m'a dit que vous cherchiez des renseignements sur votre grand-père, conservés dans les archives russes. Ce fut un héros de la guerre, dit-il en pointant son index. Il a certainement été tué à Prague, où il gérait une partie du trésor des gens qu'il avait sauvés.

— Savez-vous, ajouta-t-il en haussant ses larges sourcils, que les hommes de Staline ont cherché ce trésor pendant des années !

Il sortit alors de la poche intérieure de son veston un papier chiffonné. Puis, avec bonhomie, il l'offrit à Anne.

— Ce n'est pas très légal, mais en mémoire de cet homme exceptionnel, je vous rapporte quand même un souvenir trouvé dans le dossier Wallenberg des archives de la Fédération de Russie. C'est une photo déchirée, prise dans un cimetière. Pourquoi un cimetière ? Malheureusement, le texte écrit au dos est incompréhensible… » Il ajouta d'un air malicieux :

— Je crois que vous avez l'autre morceau, jeune dame, puisque je l'ai donné à votre époux lors de notre première rencontre à Moscou…

Spontanément, Anna sauta au cou du vieil homme pour lui exprimer sa gratitude. Après son départ, les jeunes gens se précipitèrent dans leur chambre où se trouvait l'autre partie de la photo au dos de laquelle figuraient les lettres TA. En les réunissant, ils purent lire TABERNACLE…

Comme les grands-parents avaient vécu à Prague et y étaient morts, il était fort probable que ce cliché y avait été pris. Il leur fallait maintenant trouver le cimetière où était la chapelle. Autant chercher une aiguille dans une botte de foin.

Néanmoins, Anna et Kaï prirent de nouveau le train, cette fois à destination de Prague.

La magie de Prague

À peine arrivé dans la capitale tchèque, le couple se laissa vite submerger par l'histoire de ce pays ou plutôt de ces pays. Cela faisait des siècles que la Bohême, la Moravie et la Slovaquie vivaient un destin à la fois commun et divisé. Le roi Charles IV de Bohême, monté sur le trône en 1346, était un mécène amoureux des arts et des lettres. Et des artistes du monde entier accoururent à Prague. Le mouvement ne cesserait jamais. À cette époque, l'enluminure des manuscrits, avec Jean de Troppau, ou encore l'architecture de Peter Parler, constructeur du fameux pont Charles, étonnèrent le monde. Plus tard, ce seraient les musiciens Smetana et Dvorák, les écrivains Kafka, Capek, le peintre Mucha qui porteraient le flambeau d'une richesse culturelle, peut-être sans égale au cœur de l'Europe. Plus près de nous, Milan Kundera, devenu français parce qu'il ne pouvait imprimer ses œuvres qu'à l'Ouest, est le symbole vivant de ce formidable élan artistique.

Aux États-Unis, Anna et Kaï eurent l'occasion de rencontrer un autre Tchèque, Milos Forman, Américain désormais. Tant d'artistes ont vécu ou sont, un jour, passés à Prague. Les poètes[1] vinrent en leur temps rêver, composer, peindre ou écrire sur les bords de la Vltava. Mozart ou encore Berlioz y composèrent quelques-unes de leurs plus grandes œuvres. Paul Claudel, consul de France en 1906, y rencontra bien sûr Franz Kafka.

L'esprit de liberté et de critique, condition indispensable de la créativité, y a toujours soufflé. Les Tchèques, évangélisés au IXe siècle par Cyrille et Méthode, furent les plus réceptifs à la Réforme. Jan Hus, l'auteur de *De Ecclesia*, fut condamné par le concile de Constance et brûlé en 1415. Ses disciples, les hussites, tout en rejoignant plus tard les catholiques, ont jeté les bases de la Réforme future. Comenius, l'un des « Frères de Bohême » qui perpétuaient son enseignement, réforma la pédagogie et parcourut toutes les cours d'Europe. Battus à la bataille de la Montagne blanche, les Tchèques tombèrent sous la coupe des Habsbourg. Ils y restèrent pendant quatre siècles. L'indépendance de la Tchécoslovaquie fut proclamée en 1918 et ses frontières, fixées par le traité de Trianon en 1920[2].

Quand les grands-parents d'Anna y vivaient, entre les deux guerres, la Tchécoslovaquie était l'un des États les plus prospères, malgré les tensions entre Tchèques et Slovaques, à qui l'on avait promis une autonomie qu'ils n'obtinrent pas. Les tourbillons de l'histoire européenne et surtout la montée du nazisme eurent raison de cette première expérience.

Au cours de la fameuse conférence de Munich, les

---

1. Comme Rilke, Brodski, Tsvetaïeva et bien d'autres.
2. Son premier président fut Tomás Masaryk.

29 et 30 septembre 1938, en présence de Chamberlain, Daladier et Mussolini, Hitler arracha à la Tchécoslovaquie 3 millions d'habitants, les Sudètes et 30 000 km de territoire, entraînant à sa suite des revendications territoriales identiques sur la Hongrie et sur la Pologne. En un mois, le pays perdit 5 millions d'habitants, un quart de son outil industriel et un tiers de son territoire. Puis la Slovaquie proclama son indépendance. Le 15 mars 1939, l'armée nazie occupait le pays et le protectorat allemand de Bohême-Moravie était proclamé. En quelques semaines, un pays riche et prospère avait été rayé de la carte. Le XXe siècle n'en avait pas fini pour autant avec ce pays. Les communistes, par le coup de Prague, en 1948, s'emparèrent du pouvoir et organisèrent les 40 000 procès de Prague, rendus célèbres par Arthur London et le film *L'Aveu*, suscitant en 1968 le Printemps de Prague, révolution anticommuniste matée par les chars et 600 000 hommes du pacte de Varsovie. Une fois de plus, l'Occident abandonnait les Tchèques. Il fallut attendre 1989 et la révolution de velours, avec l'écrivain dissident Václav Havel, pour qu'ils recouvrent la liberté qu'ils aiment tant et la prospérité dont ils sont capables. Une telle histoire, au cœur de l'Europe culturelle, fut, en fait, la conséquence de la situation géographique de ce pays riche, au carrefour de l'Est et de l'Ouest. Et en mai 2004, la République tchèque a rejoint l'Union européenne en déposant dans la corbeille un joyau : la splendeur de Prague. Au même titre que Paris, Venise ou Saint-Pétersbourg, cette capitale fait partie des plus belles villes au monde.

Anna et Kaï descendirent à l'hôtel Europa, sans aucun doute la plus admirable construction de style

Art nouveau de la place Venceslas. « Un endroit aussi agréable à vivre à l'intérieur qu'à contempler », dit Anna, émerveillée. Son restaurant français, son café et son bar, sa salle des miroirs et son restaurant tchèque qui porte le nom de la fameuse bière de Plzen se rangent ainsi aux côtés des grands établissements européens.

Au début du siècle, ce lieu s'était hissé aux sommets du confort et du luxe tels qu'on les concevait à cette époque. Cette somptuosité s'était créée peu à peu ; le confort, l'intimité, et la bienséance y étaient sacrés, conformément à la devise « Si nous faisons tout pour le client, le client reviendra[1]. »

L'hôtel a conservé jusqu'à nos jours son aspect d'origine : la devanture recouverte de bois, les lustres, la décoration Art nouveau des couloirs et des salons sont restés intacts. Il y règne une atmosphère unique. De plus l'établissement est situé en plein centre de la nouvelle ville.

Guidés par l'espoir de voir aboutir leurs recherches, Anne et Kaï profitèrent pleinement de l'apaisement de leur destin pour découvrir Prague, savourant à chaque coin de rue le spectacle perpétuellement renouvelé de cette ville aux trois peuples, tchèque, allemand, juif et, selon Breton, capitale magique de l'Europe. La cité rassemble en effet un trésor architectural extraordinaire, car depuis le IXe siècle, date de sa fondation, les grands mouvements s'y sont succédé.

---

1. On doit la fabuleuse renommée de l'hôtel à son directeur Karel Sroubek qui dirigeait les opérations, assisté de son épouse, Vilema, depuis 1924. Le couple avait su rassembler une quantité d'objets de collection dont de précieux vases de la dynastie Ming et des tableaux de valeur.

Nos jeunes voyageurs commencèrent leur périple en arpentant la vieille ville[1] où ils renouèrent avec leur querelle habituelle : prédominance gothique ou romane ? L'art roman semblait s'imposer, mais quelques rues plus loin, le style gothique reprenait le dessus. De magnifiques bâtisses Renaissance côtoient des constructions baroques d'inspiration jésuite, française, italienne ou allemande.

Si la longue histoire de Prague se lit à ciel ouvert dans la pierre, chaque quartier en relate les chapitres marquants.

Pour prendre de la hauteur, ils gravirent les deux cent quatre-vingt-dix-neuf marches de la tour de l'Observatoire.

Le panorama y est superbe. D'un seul regard ils découvrirent l'ensemble des tours et des coupoles qui animent la cité : des tours de Saint-Jacques ou de la Poudre, du côté de la vieille ville, jusqu'à l'église Saint-Nicolas, en passant par le beffroi de l'hôtel de ville, la tour astronomique, celles qui gardent le pont Charles, alors que tout au fond se profilent les clochers sur la colline. Pas moins de cent clochers s'élancent au-dessus de la ville.

Entre l'immense palais résidence des rois de Bohême et ceux des grands de l'Empire des Habsbourg ont été dessinés au XVIIe siècle d'exquis jardins baroques. Amoureux d'une nature plus libre, le XIXe siècle romantique avait brisé leur subtile géométrie. Si dans les années 1950, le régime communiste s'attelait à une première restauration des lieux, en 1989, quand survint

---

1. Staré Mesto.

la révolution de velours, les jardins baroques n'étaient plus qu'informes broussailles.

Un lieu hors du monde. Juste ce qu'il fallait à Anna et Kaï après les émotions qu'ils avaient subies avant leur départ et leur voyage à bord de l'Orient-Express. Le couple accéda à ce havre de paix depuis les hauteurs, puis ils y pénétrèrent par la magnifique loggia baroque, véritable salon en plein air. Ils marchèrent au gré des terrasses, bassins, serres, statues, portiques, admirèrent le kiosque très théâtral et le belvédère à bulbe, le tout dominant le palais des princes et jouxtant le grand jardin Fürstenberg, passé aux mains de l'ambassade de Pologne. Tout y est calme, serein et joliment proportionné, à l'inverse de leur destinée.

De là, ils découvrirent l'ensemble des murs qui retiennent les terrasses et une végétation qui demande un peu de maturité, comme leur jeune vie. Partout fontaines et bassins ont été restaurés, mis en eau, ces espaces rendus à leur ordre ancien, tandis que les arbres fruitiers toisent les lauriers-roses en pots et que les parterres offrent leurs variétés de fleurs.

Éblouie, Anna pensa à Chateaubriand, qui se rendit deux fois à Prague au cours de l'année 1833, auprès du roi Charles X en exil[1]. L'écrivain fit autrefois la même promenade[2]. « Je gravis des rues silencieuses, sombres, sans réverbères, jusqu'au pied de la haute colline que couronne l'immense château des rois de Bohême. L'édifice dessinait sa masse noire sur le ciel ; aucune lumière ne sortait de ses fenêtres : il y avait là quelque chose de

1. De 1832 jusqu'à la mort du roi, en 1836.
2. *Mémoires d'outre-tombe.*

la solitude, du site et de la grandeur du Vatican, ou du Temple de Jérusalem vu de la vallée de Josaphat. On n'entendait que le retentissement de mes pas et de ceux de mon guide ; j'étais obligé de m'arrêter par intervalles sur les plates-formes des pavés échelonnés, tant la pente était rapide.

À mesure que je montais, je découvrais la ville au-dessous. Les enchaînements de l'histoire, le sort des hommes, la destruction des empires, les desseins de la Providence se présentaient à ma mémoire en s'identifiant aux souvenirs de ma propre destinée… »

Mais comme jadis Chateaubriand, Anna et Kaï n'eurent pas le temps, en une journée, d'épuiser les mystères de Prague, ville à la croisée de labyrinthes et de mondes multiples. Exténués, ils terminèrent leur visite par l'horloge astronomique, l'une des grandes curiosités de Prague. À chaque heure, cette incroyable fresque mécanique et céleste datant du XVe siècle s'anime du passage des douze apôtres.

Avant de regagner leur chambre, les deux jeunes gens devisèrent devant une bière au bar de l'Europa, dont les murs sont ornés de superbes fresques, et où piano et violon distillent toute la nostalgie de la Venise du Nord, ville de géomanciens et de magiciens. Cette réputation remonte au XIVe siècle. Formé en France aux arts ésotériques, l'empereur Charles IV[1] médita comment construire Prague selon une astronomie urbaine déterminant l'axe des rues afin qu'il coïncide avec l'orientation des solstices.

Ville de vacarmes souterrains, riche et gigantesque

1. 1316-1378.

poème épique de l'architecture, « pleine de lumière et de vie », disait Rilke. Inoubliable aussi… Car, comme le répète le célèbre adage pragois, « Prague ne vous lâchera pas. Cette petite mère a ses griffes ».

C'est sans doute ce que pensait aussi Franz Kafka.

Pour nos jeunes New-Yorkais, il y avait un lien non seulement symbolique mais très profond entre l'Orient-Express et Prague, car qui incarne le mieux l'Europe d'hier et d'aujourd'hui que Prague ? Et qui mieux que Kafka symbolise Prague ? Il y naquit le 3 juillet 1883, dans une famille juive typique du brassage social et linguistique de la vieille Bohême. Son père était issu du prolétariat provincial tchèque, qui résidait dans les quartiers du vieux ghetto pragois. Sa mère venait d'une famille aisée et cultivée de la bourgeoisie judéo-allemande. La gestion d'un magasin de quincaillerie – dont l'emblème, la corneille, se dit *kavk*, en tchèque – permit rapidement à la famille de vivre aisément. Les parents confièrent alors leur enfant aux soins de nurses et de gouvernantes. Tout d'abord la famille habita le numéro 3 de la rue Celetna, la « maison accolée à l'église Notre-Dame du Tyns », puis la maison « À la cloche de pierre » : un dépôt de charbon au rez-de-chaussée et, au premier, les cercueils d'une entreprise de pompes funèbres. Ce lieu, cause d'angoisses, devint un des thèmes préférés de Kafka : « Chez nous, il y a toujours des coins d'ombre, des ruelles secrètes, des fenêtres borgnes, des cours sales, des auberges bruyantes et des cabarets clandestins. »

Adolescent, étrange et distant, il était néanmoins estimé de ses camarades. Ce fut à cette époque qu'il commença à écrire ses premières œuvres, qu'il détruisit.

Un bref apprentissage dans le cabinet d'un avocat, une année de pratique légale se confondirent avec divers projets. Il finit par se résigner à accepter un emploi à l'Institut d'assurances qu'il conserva jusqu'en 1922.

Dans leur chambre, Anna et Kaï se demandèrent qui serait leur guide le plus marquant pour la promenade du lendemain ? Kafka, Faust, Rodolphe II, le roi sinistre et fou ?

Le couple sauta dans le tramway et partit tout d'abord à la recherche de la mythique maison de Faust. À l'échéance du contrat signé de son sang, Faust y fut, dit-on, enlevé par Méphistophélès. Sur le pont Charles, le plus initiatique des ponts, il leur apparut presque évident qu'à l'instar du visiteur de *Nosferatu*, un fantôme pouvait venir à leur rencontre…

Puis ils attrapèrent un autre tramway, qui passa le pont de Libeft. Anna, le nez collé à la vitre, regardait les claires maisons du quai plantées au hasard sur l'autre rive de la Vltava. Après quoi ils descendirent devant le théâtre où Mozart créa son *Don Giovanni*, où se produisirent les musiciens tchèques Dvorák et Smetana.

De la place Mala Strana, Anna et Kaï grimpèrent vers la couronne posée au sommet de Prague. En effet, sur la montagne blanche rayonne depuis 1555 l'étrange pavillon d'Été qui émerveilla André Breton : « À flanc d'abîme, construit en pierre philosophale, s'ouvre le château étoilé. »

Baroque et labyrinthique, Prague devint avant tout un lieu de sortilèges, avec ses brumes et son ciel agité.

Résidence des rois de Bohême et de Hongrie, seigneurs d'Autriche et empereurs du Saint Empire romain,

Prague fut portée au pinacle de sa magnificence par Rodolphe II, qui, sept ans après son accession au trône, en 1583, s'y installa.

Élucubrations de magiciens, horoscopes, élixirs de vie et pierre philosophale, spirites, devins et parfois imposteurs allaient désormais présider au destin de cette ville insolite.

Rodolphe II eut une importance décisive sur l'évolution des arts en Europe, perpétuant la tradition de mécénat royal amorcée par ses prédécesseurs. Collectionneur insatiable, il s'enchantait des œuvres les plus diverses, des peintres flamands aux maîtres de la Renaissance italienne.

En ce temps-là, Prague était peuplée de 60 000 âmes environ. La ville possédait une société variée, où les étrangers étaient nombreux, influents et riches. L'empereur décida alors d'accorder aux colonies allemandes et italiennes le droit de construire des églises pour leur culte. Bien sûr, les Italiens choisirent des architectes de leur pays pour leur chapelle, tandis que les luthériens allemands adoptèrent pour leur temple de la Trinité[1] le style de Vignole. Le maniérisme italien, après la Renaissance, avait pénétré en Europe centrale au début du XVIIe siècle[2].

Mais qui était ce Rodolphe II ?

Arrière-petit-fils de Jeanne la Folle[3], il était né le

---

1. 1611-1613.

2. Après la mort de Rodolphe, son successeur, Mathias, demanda à l'atelier de Scamozzi le joli portique maniériste et baroque flanqué de petits obélisques qui demeure la porte d'honneur du château de Prague.

3. Jeanne de Castille.

18 juillet 1552 et descendait à la fois de protestants et de catholiques[1]. À la fin de 1563, à l'âge de onze ans, Rodolphe fut envoyé chez son oncle Philippe II à Madrid, où il s'habitua à la dureté de la cour d'Espagne. Pendant sept ans, le jeune garçon connut intrigues, solennités religieuses, et l'Inquisition. Ainsi devint-il « un bon Espagnol ».

Sa timidité maladive, sa peur de la solitude contribuèrent sans doute à développer en lui la folie des grandeurs et la paranoïa qui allaient par la suite déterminer sa personnalité. Pourtant, dans sa jeunesse, Rodolphe se révéla tolérant[2].

Cet empereur vivait au milieu des tableaux, des objets précieux, en compagnie d'artistes, de devins, et lui-même adorait peindre, tisser, se livrer à des travaux de gravure et d'horlogerie. Il aimait également lire les poètes latins et parlait plusieurs langues.

Comme autrefois Ivan le Terrible, le premier tsar russe, il gouverna par absence, s'isolant durant de longues périodes au fond de son château à la lueur des candélabres. Dans les couloirs, de longues ombres sinistres suivaient sa silhouette vêtue à l'espagnole d'un habit noir de velours satiné rehaussé de dentelle d'or et orné d'une fraise blanche qui soulignait la pâleur de son visage. Seuls les fabricants d'horoscopes et de miroirs magiques avaient alors leurs entrées chez le souverain.

---

1. Son père, Maximilien (1564-1576), fils de Ferdinand Ier d'Espagne, avait épousé sa cousine Marie, la fille de Charles Quint, frère de Ferdinand.

2. Ce n'est pas un hasard s'il eut comme ami le rabbin Lôw, l'un des savants les plus éminents de la communauté juive de Prague et accueillit à sa cour le célèbre astronome Kepler, alors persécuté pour sa foi évangélique.

Parfois il descendait dans le jardin pour admirer les haies de tulipes et les allées d'acacias, l'orangerie, les serres, les fontaines, les statues, les oiseaux exotiques et surtout le lion africain qu'il avait lui-même dompté et dont la mort, selon un augure, serait le prélude de sa propre fin. De noirs corbeaux sur leurs branches semaient la frayeur parmi mouettes et canards, tandis qu'une flottille de surprenants vaisseaux athanors naviguait sur la Vltava.

Bien qu'il éprouvât une sorte d'étrange dégoût pour les affaires du gouvernement, il était néanmoins avide de pouvoir. Lors de ses mémorables crises de colère, l'empereur était capable des actions les plus violentes pour anéantir ses ennemis et montrer toute sa puissance. Dans la nuit du 26 septembre 1600, par exemple, poignard à la main, il se jeta sur son chambellan qu'il soupçonnait de trahison. Ce dernier fut mis en prison pour le reste de ses jours. Au fil des années, il chassa les rares collaborateurs fidèles, confiant les affaires de l'État à des bons à rien, dont il pensait qu'ils ne lui raviraient pas le pouvoir. À la fin de son règne il vivait à la merci de favoris qu'il détestait. L'Empire était déchiré par de stériles disputes théologiques, par les révoltes des princes et par les attaques perpétuelles des Turcs. Durant quatorze ans (1592-1606), musulmans et catholiques se firent la guerre[1].

Épouvanté par l'idée du châtiment céleste, Rodolphe vivait reclus à Prague comme dans un couvent. Envahi par la peur, il ne sortait plus que la nuit et n'adressait la parole à personne. Il ne souriait jamais.

---

1. Voir Angelo Mario Ripellino, *Praga magica*, Éditions Omnibus, 1993 ; Pocket, rééd. 2003.

Démence héréditaire ? Séquelles des pesantes années de formation passées en Espagne ? Hantise des Turcs ? Peur des complots ? Son âme demeura en tout cas sombre comme son habit. Il trouva un peu de réconfort dans les bras de magnifiques femmes. Cependant jamais il ne convola en justes noces, sans doute parce que, suivant une prophétie, un héritier légitime l'aurait privé de son trône[1].

Au fil des années, l'état mental de Rodolphe s'aggrava. Il se méfiait du nonce du pape, des jésuites et autres congrégations – un horoscope lui avait prédit qu'il serait supprimé par un moine. Il médisait aussi du pape, évitant les cérémonies religieuses et plongeant dans de véritables crises d'hystérie à la vue d'un crucifix ; il tenta même plusieurs fois de se suicider.

Comme souvent à la fin du règne des tyrans, les bruits les plus fous commencèrent à circuler. Ainsi Rodolphe était mort et son décès tenu secret. D'autres, ne manquant pas de rappeler sa lourde hérédité, dirent qu'il avait sombré dans la démence. En tout état de cause, le souverain voua Prague[2] aux gémonies, quand, se penchant à la fenêtre, il lança l'anathème contre cette « Ville de l'ingratitude, consistoire de l'impudicité, refuge de l'infamie ».

Prague devenait une ville maudite comme un siècle plus tard le serait Saint-Pétersbourg…

Depuis, il existe un lien puissant entre le caractère sombre hérité de l'empereur et la mélancolie des créa-

1. Celle qui partagea le plus longtemps son alcôve fut Catherine Strada (Katerina Stradovà), fille de l'antiquaire de la Cour Jacopo Strada, qui lui donna six enfants (trois garçons et trois filles).

2. Appelée aussi la Ville de Rodolphe.

teurs vivant à Prague. D'ailleurs, Rodolphe eut à sa cour les plus éminents artistes – essentiellement allemands et hollandais –, qui constituèrent l'école de Prague, composée de miniaturistes, de médailleurs, de graveurs sur pierre, de peintres[1].

L'empereur semblait éprouver un besoin physique d'accumuler des objets précieux et rares, de les caresser, de les couver, d'en jouir en avare.

Perversion ou sommet d'esthétisme ? En tout état de cause, Rodolphe protégeait jalousement sa pinacothèque et son prestigieux cabinet de curiosités des intrus et des incultes. On ne pouvait y pénétrer qu'en sa présence ou grâce à un permis spécial. Ne furent admis dans ses salons que quelques têtes couronnées venues en visite et quelques artistes de renom triés sur le volet. Rodolphe ne parvenait pas à se détacher des objets qui le tenaient sous leur joug et revenait souvent parmi eux au cœur de la nuit, à la lueur d'une flamme, pour y cacher une nouvelle coupe, des pierres précieuses, des bijoux.

L'empereur considérait naturellement la collection comme sa propriété exclusive. Engageant des dépenses considérables, il envoyait ses ambassadeurs et quelquefois les peintres eux-mêmes pour chercher aux quatre coins du monde des toiles de Bruegel l'Ancien et de Dürer ou des peintures japonaises sur papier et sur soie. Il demandait aux artistes d'exécuter les copies des œuvres qu'il ne pouvait se procurer.

Néanmoins, non seulement il aima la peinture mais

1. Pratiquant l'art du paysage, des scènes de chasse et le sujet sacré.

il affectionna aussi les instruments astronomiques et les bizarreries naturelles, bref toutes ces choses insolites dont les apparences clinquantes devinrent symbole d'aventure et de prodige.

Précurseur lointain de ce désir d'exotisme qui hante l'âme de chaque passager de l'Orient-Express, l'empereur adorait les marchandises venues des pays lointains, comme le coco des Maldives, les coquillages, les cornes d'ivoire, les fruits de terre et de mer, les poteries de Chine ou même les œufs d'autruche, les plumes d'oiseaux. Un splendide tableau de la galerie de Rodolphe cristallise parfaitement l'engouement de ce souverain. Il s'agit d'une composition où sont entassés fleurs, fruits, papillons, campagnols, crapauds, escargots, une locuste et toutes sortes d'insectes, autour d'une rose blanche…

Les orfèvres furent également nombreux à la cour de Prague. Les ciseleurs découpaient en forme de paysages, de calvaires, de mines, des cristaux bruts de minerai. Les choses biscornues, étranges étaient, selon la formule de l'empereur, des talismans de « rêverie ». Ainsi la dent acérée d'un narval évoquant la corne d'une licorne amoureuse ; les cornes creuses d'une antilope africaine, les serres d'un griffon ; un morceau d'ambre coagulé ou encore la sécrétion de quelque animal mystérieux, les boulons de l'arche de Noé ; les concrétions calcaires d'intestins de chamois et de bouquetins, une pierre gastrique aux vertus mystérieuses que la touche des orfèvres transmuait en amulettes et colliers. Ces images contrefaites, pierres et plantes au surprenant profil animal, étaient pour Rodolphe sources de force surnaturelle.

Mais comment oublier un autre symbole de l'époque de Rodolphe avec ces fameux visages de légumes, de fruits, de volatiles, de gibiers, de viandes rôties, de livres, d'ustensiles et d'engins de cuisine et de cave, cette mosaïque de bévues commises ensemble grâce au travail cocasse de leur créateur, Giuseppe Arcimboldo[1]. Arcimboldo est entré dans la légende sous l'aspect d'un homme fort, vêtu d'une blouse noire, coiffé d'un haut bonnet d'artiste en forme de pain de sucre, un col amidonné sous la barbe.

Toute la réalité de son œuvre apparaît à force de précision de l'assemblage de morceaux. Les différentes parties de ses portraits semblent fusionner pour former une sorte de mécanisme d'horlogerie ou même de décomposition anatomique. Les visages ne sont que luxuriant conglomérat de fruits, un melon pour front, une pomme et une pêche pour joues, un œil cerise et l'autre mûre, une poire pour nez, des sarments, des grappes et des épis pour cheveux, deux noisettes sur les lèvres et une châtaigne épineuse en guise de barbe. L'hypnose qu'exerça Arcimboldo est tenace et subsiste encore de nos jours. Ce n'est d'ailleurs pas un hasard si Anna nomma *L'Arcimboldo* le journal de bord dans lequel elle avait inscrit les noms des personnages emblématiques de l'Orient-Express qui allaient l'accompagner durant son voyage.

Le fantastique n'était pas seulement dans l'imaginaire des artistes de l'époque, car il fit intrusion dans le cœur

---

1. 1527-1593. Celui-ci occupa en 1560 le poste de portraitiste à la cour de Vienne, sous le règne de Ferdinand Ier (1526-1564). Il conserva cette charge sous Maximilien II (1564-1576), puis se rendit à Prague avec Rodolphe.

même de la Bohême lorsque Rodolphe II transféra la capitale de l'Empire à Prague en 1583. Les alchimistes y arrivèrent bientôt des quatre coins de l'Europe. Car ses agents dans les pays étrangers avaient également pour mission d'attirer des mages à la Cour, moyennant quelque cadeau.

Espérant pouvoir rétablir grâce à l'or alchimique ses finances et obtenir également un élixir de longue vie, le souverain aimait s'entourer de ces distillateurs extravagants. Croyant en leur science, il portait toujours, pendu à son cou sur une corde de soie, dans un petit écrin d'argent enveloppé de velours noir, un élixir de vie.

À l'époque, le château était une sorte de ville dans la ville et n'était pas soumis aux lois en vigueur dans le reste de Prague. Pour cette raison, artisans non enregistrés et revendeurs vinrent s'y installer avec le consentement discret du souverain. Les alchimistes habitaient alors à la périphérie du château, dans les petites maisonnettes d'une étroite ruelle sinueuse avec des créneaux à peine assez larges pour les épaules. Pour Kafka, la ruelle de l'Or était « un monde parasitique aux marges d'un mystérieux Château ». Il décrit aussi le château comme « un amas de petites maisons délabrées, pressées les unes contre les autres. Des maisons noires et enfumées faites de saillies et de bosses[1] ».

Dans cette impasse, de pauvres gens habitent encore ces minuscules maisons d'une pièce aux fenêtres fleuries et soigneusement entretenues.

Notre jeune voyageuse new-yorkaise s'imaginait les

1. Kafka y habita d'ailleurs quelque temps, en 1916.

lieux à l'époque des faiseurs d'or quand, au Moyen Âge, les adeptes de l'alchimie chauffaient la pierre philosophale et emprisonnaient les rayons de la lune. Devant cette rangée de maisons de poupée diversement peintes qu'on eût dit construite avec les éléments d'une boîte de jouets et dont aucune n'était plus haute qu'elle, il lui suffisait de tendre les bras pour toucher les toits.

Le prudent Rodolphe tenait strictement à l'œil ses magiciens. Chacun d'eux devait rester enfermé à l'intérieur de sa demeure laboratoire, veiller sans cesse aux transmutations. Un garde muni d'une hallebarde parcourait jour et nuit la ruelle. Un jour, quelques-uns de ces thaumaturges insistèrent pour qu'on les laissât se promener dans la Fosse aux Cerfs, dont le mur d'enceinte jouxtait leur quartier. Mais des nobles étant en train d'y chasser, il n'était pas question que de vulgaires alchimistes puissent se mêler à une aussi élégante compagnie. Pour protester contre ce refus, ils coupèrent leurs barbes, et se mirent en grève. Furieux, Rodolphe les fit enfermer dans des cages de fer accrochées aux sapins où ils moururent de faim[1].

La résidence impériale attira aussi toutes sortes d'aventuriers qui cherchaient souvent querelle et finissaient dans les prisons de la Tour blanche surplombant la Fosse aux Cerfs. Ce ne fut heureusement pas le cas de Giordano Bruno qui, en 1588, visita Prague. Ce philosophe italien qui combattit avec virulence l'enseignement philosophique propre au Moyen Âge ainsi que

---

1. Meyrink affirme même que les ours de Rodolphe vivaient de la chair de ces malheureux.

l'aristotélisme fut finalement livré au bûcher deux ans plus tard à Rome, pour hérésie.

Anna et Kaï poursuivirent leur promenade par la ville juive[1], également appelée Josefov, du nom de l'empereur Joseph II, qui le premier atténua, à la fin du XVIIIe siècle, les discriminations religieuses et raciales. Au XIXe siècle, les lieux prirent le nom de Cinquième Quartier. De ce site mystérieux, il reste quelques synagogues, surtout la Vieille-Neuve, le cimetière, et l'hôtel de ville avec son horloge dont les aiguilles vont à l'envers, et qu'évoque Apollinaire, « les aiguilles de l'horloge du quartier juif vont à rebours », et Cendrars, « Et le monde, comme l'horloge du quartier juif de Prague, tourne éperdument à rebours ».

— En attendant, dit Anna en tirant son mari par la manche, ce n'est pas ici que nous trouverons notre chapelle !

— Demain, je te promets, demain nous irons à Vysehrad. Mais maintenant, je te propose de faire un tour rue Polska, dans le faubourg, nous y ferons quelques emplettes pour les parents.

D'où qu'on la regarde, cette rue est surprenante, un effet de mouvement s'en dégage ; c'est d'autant plus étonnant que cette impression ne se retrouve nulle part ailleurs dans les ex-faubourgs de Prague. Elle est bordée de maisons presque uniquement de style Art nouveau. Des façades asymétriques portent de vastes oriels aux formes inédites et situés aux endroits les plus inattendus, auxquels sont rapportés, aux étages élevés, des balcons, des loggias ou autres arcades. La

1. Zidovské Mesto.

richesse des décors figuratifs, les bossages des parties inférieures, les balcons à degrés de dimensions variées, soit en pierre, soit maçonnés, les étages attiques et les frontons de formes diverses contribuent à la plasticité des façades. À l'intérieur les paliers sont quasiment tous décorés de verres gravés, les arcatures qui précèdent les entrées sont en marbre, des miroirs garnissent les murs ainsi que des carreaux de faïence sur lesquels sont représentées des scènes typiques du style Art nouveau. Ainsi cette façade revêtue de mosaïques où, entre les fenêtres, se tiennent des bas-reliefs figurant des enfants qui jouent.

En fin d'après-midi, fatigués de leur journée, Anna et Kaï ne furent pas mécontents de s'asseoir dans le tramway qui les ramenait à leur hôtel.

Si la veille le vieux cimetière juif avait éveillé en eux un sentiment de mélancolie, de désolation, cette journée allait leur donner d'autres émotions encore.

Les lieux de piété peuvent être aussi de précieux témoins de l'art et de l'architecture d'une époque. La plupart des architectes, des sculpteurs, tailleurs de pierre et fondeurs de métaux ont fait honneur aux grands personnages disparus en créant sculptures, reliefs et autres compositions architecturales pour leurs sépultures.

Situé sur un rocher surplombant la Vltava, Vysehrad procure des vues magnifiques de la ville. Ce lieu mystique est cher aux Praguois puisqu'il est lié aux débuts mêmes de l'État tchèque, étant le siège des princes depuis le Xe siècle. Selon la légende, la princesse Libuse aurait déjà prédit la fondation de Prague à cet endroit au début du VIIIe siècle. L'église Saint-Pierre-et-Saint-Paul domine le cimetière. Au début des années 1860, il occupait une petite surface au pied de l'église, et la concentration de tombeaux de personnages célèbres y est particulièrement forte. Le cimetière fut progressivement élargi pour atteindre, à la fin du XIXe siècle, ses dimensions actuelles. Parallèlement aux travaux de réfection de l'église, il a reçu une nouvelle forme artistique : la moitié de son périmètre est orné d'arcades néo-Renaissance au-dessous desquelles se trouvent des tombeaux des plus monumentaux. Non loin de l'entrée principale se trouve le cimetière national – « lieu de la Gloire » –, où reposent des personnalités illustres de la culture, des lettres et des arts tchèques. Au sommet de ce mémorial s'érige un sarcophage sur lequel se penche un personnage allégorique ailé – le Génie de la patrie.

L'idée de faire un panthéon tchèque, à l'instar d'autres grandes nations européennes, naquit au sein de Svatobor – (la société de patriotes[1]). Il fut terminé en 1893. Au sommet du premier des monuments funéraires individuels élevés au panthéon de Slavin se trouve le symbole de cette société – trois mains tenant un cercle, signe du mot d'ordre de la société : « Aide, Illumine, Rappelle-toi… »

À sa création, le panthéon accueillit des poètes, des écrivains et des grands hommes de science, plus tard également des sculpteurs, peintres, musiciens, acteurs, chercheurs, professeurs d'université ainsi que les grands sportifs, les personnalités mondaines, et les grandes figures de la vie économique, politique et commerciale.

Anna et Kaï se dirigèrent vers les tombeaux de

1. Fondée en 1862 par l'historien Frantisek Palacky.

Dvorák et de Smetana. Plus loin, ils tombèrent sur celui d'un certain Kafka. Il ne s'agissait pas de l'écrivain mais d'un homonyme, un sculpteur célèbre[1] car Franz Kafka, l'écrivain, est inhumé au cimetière juif.

---

1. Bohumil Kafka, entre autres auteur de la plus grande statue équestre de Jan Zizka, au sommet de la colline pragoise de Vitkov.

Les retrouvailles

Il y avait quelque chose d'inexplicable dans cette promenade. Kaï avait abordé cette journée avec appréhension, craignant d'être envahi par un sentiment de tristesse voire de morbidité. Pourtant rien de tel ne se produisit. Plus ils avançaient vers leur but, plus ils avaient le sentiment de retrouver la vie, le poids de l'histoire, leurs racines, ce parfum des chemins d'antan et le regard des ancêtres.

« Dans la volonté des nations d'Europe, dit Anna, non seulement les vivants mais aussi les morts nous parlent. Et finalement, il émane de ces cimetières une étrange fraîcheur qui n'a rien à voir avec les tableaux figés des musées. »

Après s'être arrêtés devant le tombeau de l'écrivain poète et traducteur, dont les drames ont prévu la menace du fascisme et qui, dans son roman fantastique *R. U. R.*, a créé le mot devenu international « robot[1] », ils poursuivirent vers un tombeau de style classique où repose le plus important représentant du romantisme tchèque et fondateur de la poésie moderne comparé à Byron[2]. Toutes les générations se réfèrent à ses poèmes d'amour.

1. Karel Capek.
2. Karel Hynek Mácha.

En prenant le chemin qui longe l'église, vers la porte principale, Anna fut attirée par une inscription figurant sur un monument : « Exécutée et jamais enterrée »[1].

À la vue de cette épitaphe Anna frémit.

« Viens, dit-elle à son mari, allons plutôt du côté du fleuve admirer le panorama. »

Tandis qu'ils avançaient, Kaï s'écria soudain :

« C'est là ! Regarde ! C'est là ! »

Le cœur d'Anna se mit à battre. Elle ne savait plus si elle allait rire ou pleurer.

En effet, la chapelle de la photo se trouvait là, surplombant le fleuve. Derrière ses grilles, un autel à degrés en marbre sur lequel s'écrase un arbre foudroyé abritait bien un tabernacle, mais comment y accéder sans clé[2] ?

— Tu te rends compte, dit Anna, s'il nous faut trouver les propriétaires, leur expliquer pourquoi nous voulons entrer ! Si ça se trouve, ils n'habitent même pas Prague ou ils sont morts eux aussi ! Nous n'y arriverons jamais ! Nous n'aurons pas le temps !

Kaï réfléchit à haute voix :

— Et si ce n'était pas à proprement parler à l'intérieur du tabernacle ? Car, pendant la guerre, cette chapelle était certainement fermée à double tour. À moins que ton grand-père ait eu la possibilité d'y avoir accès – ce qui n'est pas sûr du tout –, il a peut-être voulu signi-

1. Ce tombeau est dédié à Milada Horakova, juriste et politicienne démocratique, inculpée dans un procès trafiqué de haute trahison et d'espionnage et condamnée, le 27 juin 1950, à la peine capitale.

2. Le symbole de l'arbre foudroyé, très courant dans la sculpture funéraire de cette époque, incarne la mort et le chagrin qu'elle engendre.

fier un endroit qui y ressemble, quelque chose d'aussi secret.

Pointant son index d'un air entendu, Kaï fit alors le tour du bâtiment à petits pas, un peu à la manière d'un voleur, en scrutant les alentours d'un regard suspicieux. Anna ne put s'empêcher de pouffer de rire.

— Non ! Arrête, ce n'est pas drôle. J'ai une idée. Regarde, là, dans le renfoncement, il y a un soupirail.

— C'est pour que les morts respirent, chéri !

— Zut, là aussi il faut une clé ! Pour le coup, surveille bien, je vais quand même essayer de l'ouvrir. Chez nous, il y a un soupirail comme ça le long du caveau de famille et il n'est jamais fermé à clef. C'est d'ailleurs ça qui m'a donné l'idée… Si quelqu'un se rapproche, tu éternues. Passe-moi ton plan.

Pour ne pas salir son pantalon, Kaï posa le plan par terre et s'agenouilla dessus.

Devant la chapelle où elle était postée. Anna entendait les onomatopées de son mari arc-bouté sur le panneau de fer rouillé. Un grincement plaintif retentit enfin.

Le cœur d'Anna se remit à battre la chamade.

— Alors ? chuchota-t-elle du fond de la gorge.

Pas de réponse.

Le jeune homme avait beau balayer le renfoncement du plat de la main, il fallait se rendre à l'évidence, il n'y avait rien. Déçu mais perspicace, Kaï renouvela plusieurs fois son geste avant de sentir une petite déclivité. Étirant son bras du mieux qu'il pouvait, il palpa quelque chose d'humide. Un frisson le secoua. Saisi d'espoir à nouveau, il pinça l'objet entre l'index et le majeur pour l'attirer à lui. C'était une sacoche.

— Ça y est, je l'ai ! rugit-il.

Oubliant les consignes de son mari, Anna se précipita à ses côtés. Kaï lui remit subrepticement la serviette recouverte de moisi et referma le soupirail qui émit le même grincement sourd.

— Cache ça sous ton châle, tant pis, tu le laveras après car cela serait difficile de faire croire que c'est ton sac à main…

Inutile de dire que le couple se dirigea vite vers la sortie du cimetière et s'engouffra dans le premier tramway. Arrivés à l'hôtel, ils sortirent les documents ficelés dans du papier journal et rangés dans une boîte de métal elle-même identiquement enveloppée, que renfermait la sacoche de cuir blanchi. Grâce à toutes ces précautions d'emballage, le contenu n'avait pas trop subi les outrages du temps. Anna décolla prudemment les feuilles les unes des autres afin de ne pas les déchirer puis en commença la lecture. « Je sais que Wallenberg a été arrêté, ce sera bientôt notre tour. Sachez que nous avons travaillé pour l'avenir et pour l'Europe et que nous avons sauvé des milliers de vies. »

Suivait un document détaillant des objets dont il avait la charge : grenats de Bohême, bagues, bracelets, colliers, lunettes, arbres de corail, carafons en corne de rhinocéros, lames aux manches ornés de rubis, plumes de colibri. Un dessin en couleur représentait une parure de diamants et opales. La plus belle pièce, sans doute. Le clou du trésor était cependant sans conteste une série de carnets, véritables journaux de voyage à la manière de Delacroix, mêlant textes, hiéroglyphes, dessins et aquarelles.

Anna avait reçu son message de l'au-delà. Même

si elle ne savait toujours pas où se trouvaient les dépouilles de ses grands-parents – et ne le saura probablement jamais –, elle allait pouvoir désormais lire en eux à travers les carnets de croquis de sa grand-mère. Ne devait-elle pas s'estimer déjà heureuse d'avoir fait cette formidable découverte ?

— Nous n'avons plus besoin de la sacoche, j'ai bien envie de la jeter, elle est si abîmée.

Anna se ravisa.

— Non, finalement, je vais passer un coup d'éponge dessus pour la montrer à maman, ça lui fera peut-être plaisir de voir la serviette de son père.

Le couple quitta Prague le surlendemain avec une certaine nostalgie.

Quand le train commença à prendre son élan, l'électricité du plafond vacilla un instant. Après s'être installés, les jeunes gens voulurent prendre un verre dans la voiture-bar. Aménagée spécialement en 1982 par Gérard Gallet dans le style Art déco, cette voiture est la seule qui ne soit pas d'époque. Tout simplement parce qu'il n'y avait pas de voiture-bar dans les Années folles : tout se passait au restaurant. Anna ouvrit la porte du compartiment sur le couloir vide. Tout était calme, presque trop. Entre les voitures, les soufflets recouverts de tentures de velours vert foncé donnaient à chaque wagon une allure de pavillon Empire.

Un garçon, cintré dans sa queue de pie, jouait du piano. Le barman, un Italien d'une cinquantaine d'années qui officie depuis plusieurs années dans l'Orient-Express, leur apporta un cocktail et des zakouski ; après quoi le couple alla dîner. L'atmosphère du wagon-restaurant était magique avec ses belles marqueteries, ses confortables fauteuils de style Louis XVI, ses lourds rideaux aux fenêtres, et ses grands ventilateurs en cuivre.

— Belle argenterie, porcelaines aux armes de la compagnie, nappes blanches ; s'il n'y avait le bruit du train, on se croirait dans un palace, dit Anna.

Tout en échangeant leurs impressions sur leur excursion ô combien bouleversante, les jeunes gens observaient les voyageurs de l'Orient-Express. De bons touristes, âgés et paisibles, anglais pour la plupart, des Américains aussi, qui riaient à une table voisine. Plus loin, un couple d'une quarantaine d'années, très distingué, dînait au champagne. L'homme et la femme se dévoraient du regard et souriaient sans cesse.

L'Orient-Express demeure le train des princes, même s'il ne fascine plus la même clientèle. Beaucoup de personnalités semblent apprécier sa lenteur, par contraste avec leur vie trépidante. Ainsi « font-ils » l'Orient-Express comme « une belle croisière d'un jour et demi ».

— Voilà donc ce qui reste de l'héritage légendaire de l'Orient-Express… dit Anna. En fait, il existe un lien profond entre ce train et la paix sur le continent européen à la recherche de son identité face aux défis du monde. Un peu comme nous, à titre individuel, qui sommes partis à la recherche de nos propres racines pour trouver la paix.

En rejoignant leur cabine à travers les couloirs déserts, Anna et Kaï aperçurent une silhouette qui disparut soudain à l'autre bout du wagon.

— La légende du fantôme de l'Orient-Express serait-elle vraie ? s'esclaffa Kaï. Nous allons avoir à en raconter, des histoires !

De retour à New York, Anna entreprit de nettoyer la sacoche de son grand-père pour ensuite la cirer et l'offrir à sa mère. Ce ne fut pas une mince affaire. Pliée en deux au-dessus de la baignoire, elle frotta le cuir avec une brosse et du savon. Un jus noir s'en extrayait continuellement, à croire que cela ne cesserait jamais. Tandis qu'elle passait et repassait la brosse, elle sentit une petite protubérance.

— Pourtant, il n'y a rien dedans, c'est bizarre, cette bosse. Ce doit être un morceau de cuir qui est descendu dans la doublure ou un morceau de ferraille de l'anse peut-être ?

— Ou encore un trésor ? dit Kaï.

— Un tout petit trésor alors !

À son tour, Kaï se mit à genoux devant la baignoire et savonna la serviette de cuir.

— Là, il faut prendre une décision : soit on laisse tomber, soit on ouvre.

Les époux se regardèrent un long moment sans rien dire. Kaï rinça la sacoche, déplia ses grandes jambes et se releva.

— Cutter, dit-il en ouvrant la main comme un chirurgien attendant son bistouri.

Anna s'exécuta et plaça l'objet tranchant dans la paume de son mari, qui replongea le nez dans la baignoire où s'égouttait la sacoche. Un léger crissement se fit entendre au passage de la lame sur la doublure de cuir.

— Vas-y, toi, tu as la main plus fine…

La jeune femme releva ses manches et explora la doublure.

— Il y a un truc ! Deux ! Trois !

Il s'agissait de trois paquets extrêmement plats, rigides. Deux avaient la forme d'un double décimètre, l'autre était un peu plus épais. Soupesant les petites boîtes, Anna s'exclama.

— C'est peut-être des pièces d'or, des diamants !

Il fallut un tournevis très fin pour ouvrir ces délicats réceptacles.

— Anna ! Dire que tu voulais jeter cette serviette !

Les deux jeunes gens n'en revenaient pas. Ils avaient sous les yeux la parure dont ils avaient trouvé le dessin le soir même de leur excursion au cimetière de Prague. Sur un morceau de papier à l'en-tête d'un joaillier d'Istanbul, figurait le nom du propriétaire des bijoux et un mot de sa main. *À mon épouse bien-aimée, Anatole Nazartchouk.*

La rivière et le bracelet étaient composés d'une multitude de diamants et d'opales. Deux magnifiques opales en forme de goutte, coiffées de diamants, composaient les pendants d'oreilles. Coquette – on le serait à moins –, Anna se para immédiatement des bijoux, qui, si bien protégés, étaient intacts.

— Mon Dieu, c'est magnifique, mais immettable. Les boucles d'oreille, encore, mais la rivière et le bracelet !

Kaï proposa alors de se rendre chez le traiteur, histoire de fêter l'événement devant un bon plat et un nectar dignes de la découverte. Pendant ce temps, Anna alla enfiler sa plus jolie robe, la plus sobre, pour mettre en valeur les joyaux, dressa une table élégante, et alluma toutes les bougies du salon. Plantée devant le miroir, elle ne parvenait pas à détourner son regard du collier qui ceignait son cou tant il brillait.

Après avoir raconté leur aventure ô combien émouvante à leurs parents et amis, les jeunes gens se demandèrent ce qu'ils allaient faire du trésor car pour en être un, c'en était bien un. La mère d'Anna donna évidemment carte blanche à sa fille. C'était elle qui avait fait cette découverte, c'était à elle que revenaient les bijoux. En revanche, elle accepta la vieille serviette de cuir usée. Certes, vendre une telle parure aurait sans doute permis au couple de s'acheter un somptueux appartement. Anna tenait cependant à garder les pendants d'oreilles, mais, d'un commun accord, le couple choisit de vendre le collier et le bracelet au bénéfice de la recherche contre le cancer.

À ceux qui les encouragèrent, comme il se doit outre-Atlantique, à intenter un procès contre cette femme médecin incompétente[1], Anna déclara sans haine :

— Cette épreuve m'a donné quelque chose d'inestimable et m'a enseigné l'humilité. C'est un miracle, un point c'est tout…

Alors qu'elle dirige aujourd'hui le service de fusion et d'acquisition d'une grande banque new-yorkaise, qui, de ses pairs, la reconnaîtrait, lorsque, à Pâques, humble et discrète au fond de la cathédrale russe, Anna entonne à son tour *Le Christ est ressuscité* ?

1. Responsable du faux diagnostic qui provoqua tant de remous.

Épilogue

De nos jours, le tracé de l'Orient-Express se trouve de nouveau au centre d'un imbroglio géopolitique déterminant pour l'Europe. Avec l'adhésion de la Roumanie et de la Bulgarie, la nouvelle frontière de l'Union européenne touche la mer Noire, menant à l'isthme caucasien et aux ressources énergétiques de la mer Caspienne (10 % des réserves mondiales d'hydrocarbure). Plus d'un quart de l'approvisionnement énergétique passe par cette région. Prague et Budapest, plus que jamais, sont devenues les véritables carrefours paneuropéens. Curieuse facétie de l'histoire, une autre capitale de l'Orient-Express, Vienne, modeste et nostalgique héritière de l'Empire austro-hongrois, compte parmi les investisseurs les plus dynamiques en Europe centrale et orientale. Elle a très vite compris le potentiel de ce qui fut son berceau et le cœur de sa puissance : la mythique « Mitteleuropa » des grandes heures de l'Orient-Express. Quant à la question de l'entrée de la Turquie dans l'Union européenne, elle se situe évidemment au cœur du débat sur l'avenir de l'Europe.

Depuis son voyage, Anna a bien assimilé cette nouvelle donne.

Renaissance d'un mythe

Les aléas de l'histoire ont toujours rattrapé l'Orient-Express. La voiture-lit Paris-Budapest fut supprimée en 1959, puis celle de Bucarest. La dernière ligne officielle de celui qui n'était plus que le Direct d'Orient partit de la gare de Lyon le 19 mai 1977. Mais cela faisait belle lurette que ses voitures étaient normalisées, sans charme.

Le visionnaire fondateur de la Compagnie des wagons-lits, Georges Nagelmackers, en concevant l'Orient-Express, premier d'une lignée de trains de luxe qui allaient sillonner le monde, permit aux peuples de se rapprocher, de réduire les frontières, de découvrir d'autres cultures.

La Compagnie des wagons-lits, consciente de l'importance de cette histoire, a décidé de préserver et de valoriser son patrimoine ; dans le cadre de cette sauvegarde, elle a remis sur rails en 1987 le Pullman Orient-Express, qu'elle a restauré en 2003. Les importants travaux entrepris ont mis le train aux normes européennes de confort et de sécurité. Par ailleurs, les restaurations minutieuses ont respecté les matériaux décoratifs d'origine : ameublement, vaisselle, costumes ont été réédités d'après les échantillons et dessins de l'époque.

Aujourd'hui classé monument historique, le Pullman Orient-Express se compose de sept voitures construites à la fin des années vingt. Elles sont issues des trains qui circulaient sur les grandes lignes d'Europe occidentale et orientale : Train bleu, Étoile du Nord, Côte d'Azur Pullman Express, Riviera Express, Flèche d'or…

Ainsi notre train, dont nous avons suivi l'époque à travers ces pages, n'a pas fini de faire rêver les voyageurs du monde entier. Certains se demandèrent si le mythe pouvait renaître.

Mais les grands mythes comme les grandes amours ne meurent jamais.

ANNEXE 1

Dates à retenir

1845 Naissance à Liège, en Belgique, de Georges Nagelmackers.

1865 George Pullman obtient que l'une de ses voitures-salons soit utilisée pour le transport de la dépouille mortelle du Président américain Abraham Lincoln, de Washington au Kentucky.

1866 Ouverture de la ligne Varna-Ruse pour Sa Majesté impériale le sultan.

1869 Nagelmackers visite l'Amérique et voyage en wagon Pullman.

1873 Présentation du wagon-lit n° 3 à l'Exposition de Vienne.

1874 L'accord de circulation pour des voitures-lits entre Paris et Vienne est signé.

1876 *Le 4 décembre*, fondation de la Compagnie internationale des wagons-lits (qui deviendra peu après Compagnie internationale des wagons-lits et des grands express européens) par Georges Nagelmackers.

1878 Introduction des wagons-lits sur la ligne de Vienne à Orsova.

1882 *Le 10 octobre* est mis en place un premier service de train de luxe, le Train Éclair, sur l'axe Paris-Vienne qui relie en express les deux capitales distantes de 1 350 km, en 27 heures et 53 minutes.

1883 Départ du premier Express d'Orient reliant Paris à Constantinople (Istanbul). Sur cette première ligne, le transfert entre Varna et Constantinople s'effectue en bateau. À partir du *1er juin*, départ de train tous les jours pour Vienne. Peu après, *le 5 juin*, est mis en place deux fois par semaine le train de luxe Express d'Orient, passant par Paris, Strasbourg, Munich, Simbach, Vienne, Presbourg, Budapest, Szeged, Orsova, Pitesti, Bucarest, Giurgiu, avec correspondance pour le train d'Orient à Ruse puis Varna par le Lloyd, pour Constantinople, à bord du vapeur l'*Espero. Le 4 octobre* c'est le premier voyage officiel de l'Express d'Orient de la Compagnie des wagons-lits.

1889 Départ du premier Orient-Express direct de Paris à Constantinople, sans changement de train. Le trajet dure environ 70 heures ; le train passe par Strasbourg, Munich, Vienne, Budapest et Bucarest.

1891 Le train devient officiellement l'Orient-Express. Il est attaqué par des pillards ; butin de l'opération : 120 000 livres sterling (dont une rançon pour cinq otages).

1892 Le train est mis en quarantaine en raison d'une épidémie de choléra survenue à bord.

1894 La Compagnie des wagons-lits ouvre, pour les passagers de l'Orient-Express, plusieurs hôtels de luxe à Constantinople, dont le fameux Pera Palace.

1898 Un dîner de gala est organisé pour marquer le 25e anniversaire des wagons-lits.

1905 Mort de Georges Nagelmackers.

1906 La ligne Simplon Express est créée grâce à l'ouverture du tunnel du Simplon.

1907 Le Simplon Express atteint Venise. Le train est bloqué par la neige en Turquie.

1909 Service quotidien de Paris à Budapest.

1911 L'Express d'Orient est officiellement renommé Orient-Express.

1912 Le Simplon Express roule jusqu'à Trieste.

1913 En raison de la guerre des Balkans, le train qui se séparait en deux à Belgrade ne circule plus que jusqu'à Budapest.

1914 La Grande Guerre interrompt les opérations et les voitures sont réquisitionnées par les Allemands. Le service des wagons-lits est suspendu dès la déclaration de guerre.

1916 L'Allemagne s'approprie le stock de voitures de CIWL présent sur son territoire pour former la société Mitropa, qui lance sa propre version de l'Orient-Express, le Balkanzug.

1917 Mata Hari, une des passagères les plus assidues de l'Orient-Express, convaincue d'espionnage au profit des Allemands, est fusillée par l'armée française.

1918 Le maréchal Foch signe l'armistice demandé par les Allemands, dans la voiture n° 2419.

1919 Le Train de luxe militaire circule pour les personnels des forces alliées entre Paris et Bucarest via Prague.

1920 Une nouvelle route est établie pour le Simplon Orient-Express, avec des correspondances à Constantza et Athènes. Correspondances également pour les trains de Londres et le Bordeaux-Milan Express. Le Simplon Express reprend du service. Il traverse la Suisse, l'Italie, la Yougoslavie, la Bulgarie, et la Turquie.

1921 La ligne originale de l'Orient-Express est rouverte. Apparition de la première voiture en métal peinte en bleu roi.

1923 *En janvier*, lorsque la Ruhr est remilitarisée par les troupes françaises, les Allemands, en représailles, interrompent le service de l'Orient-Express sur leur territoire.

1924 Un service express en voiture Pullman circule de Londres à Calais. Une nouvelle extension, l'Arlberg-Orient-Express, est ouverte, qui traverse notamment la Suisse.

1928 La Compagnie des wagons-lits acquiert la prestigieuse agence de voyages britannique Thomas Cook.

1929 L'Orient-Express est bloqué par la neige en Turquie. Les passagers devront chasser et manger des loups pour survivre. Le train aura cinq jours de retard. Cette aventure inspirera à Agatha Christie *Le Crime de l'Orient-Express.*

1930 Une nouvelle extension, le Taurus Express, passant par Téhéran, Bagdad et le Caire, est ouverte. Cette ligne reliera plus tard l'Inde et Bombay.

1931 *Le 12 septembre*, l'Orient-Express est pris d'assaut par des terroristes au viaduc de Biatorbagy, en Hongrie. L'incident fait 20 morts. Le coupable sera pendu.

1932 Introduction de la traction électrique entre Stuttgart et Munich.

1936 Premier transfert vers le continent, de nuit, en ferry, des voitures-lits provenant de Londres.

1938 L'Allemagne annexe l'Autriche et la Mitropa s'approprie les voitures de la CIWL stationnées en Autriche.

1939 En raison de la guerre, *le 4 septembre*, la plupart des liaisons cessent à l'Ouest, mais elles continuent à partir de Munich et Zurich.

1940 La France accepte les conditions d'armistice imposées par l'Allemagne dans la voiture n° 2419, qui sera ensuite renvoyée à Berlin. Le roi Carol de Roumanie se réfugie en Suisse à bord de l'Orient-Express.

1945 Plusieurs lignes sont rouvertes mais le matériel a beaucoup souffert de la guerre. L'Arlberg-Orient-Express reprend son service.

1946 Le service quotidien est rétabli pour le Simplon Orient-Express.

1947 L'Arlberg-Orient-Express roule jusqu'à Bucarest. Un Bal-Orient-Express de Stockholm à Belgrade est mis en service.

1948 L'Orient-Express, qui perd son appellation de « train de luxe », roule à nouveau en Tchécoslovaquie.

1949 Suspension du service de Paris à Budapest et Belgrade, et mise en service de la ligne de Prague à Sofia et Istanbul.

1951 Réouverture de la frontière grecque après les incidents avec la Bulgarie, le Simplon Orient-Express roule à nouveau jusqu'à Athènes.

1952 Fermeture à nouveau de la frontière bulgaro-grecque. Électrification de la ligne de Salzbourg à Vienne.

1953 La ligne de Paris à Istanbul passe par Salonique et la Grèce pour éviter la Bulgarie. En raison de l'insécurité, les trains ne circulent plus de nuit.

1955 Des wagons de marchandises sont accrochés à l'Orient-Express.

1959 Suppression de la voiture-lit directe de Paris à Budapest.

1962 Fin du Simplon Orient-Express qui est remplacé par le Direct Orient-Express. Petit à petit, le trafic des voitures de luxe diminue.

1965 L'Orient-Express circule encore jusqu'à Bucarest trois fois par semaine.

1967 La CIWL change sa raison sociale après quatre-vingt-trois ans et s'appelle désormais Compagnie internationale des wagons-lits et du tourisme.

1969 L'Orient-Express circule à nouveau.

1972 Dernier voyage de la Flèche d'or (Golden Arrow).

1977 Dernier voyage de l'Orient-Express *le 20 mai.* En octobre, à grand renfort de publicité, cinq voitures des wagons-lits sont vendues aux enchères à Monaco. Dernier trajet du Direct Orient.

1983 *Le 4 octobre*, centenaire de l'Orient-Express.

1987 Suppression des wagons-lits directs sur la ligne de Paris à Bucarest. Mise en route du Pullman Orient-Express de la CIWL.
1991 La CIWL est rachetée par le groupe Accor.
2003 Restauration complète et baptême du Pullman Orient-Express.

Dates de création des trains

1883 Orient-Express
1887 Sud-Express
1890 Bombay Express
1890 Peninsular & Oriental Express
1890 Malle des Indes
1890 Rome Express
1894 Ostende-Vienne Express
1896 Vienne-Nice Express
1898 Le Caire-Louxor Express
1900 Riviera Express
1900 Transtlantique Express
1904 Oberland-Leman Express
1908 Rome-Florence-Cannes Express
1909 Andalousie Express
1919 Paris-Prague Express
1919 Simplon Orient-Express
1921 Transmandchourien Express
1922 Train Bleu
1926 Flèche d'or
1927 L'Étoile du Nord
1927 Londres-Vichy Pullman Express
1929 Oiseau bleu

1929 Côte d'Azur rapide
1929 Star of Egypt
1929 Taurus Expres
1929 Sunshine Pullman Express
1931 Golden Mountain Express
1940 Maroc Express

ANNEXE 2
Le journal d'Anna

La cérémonie de Selamlik à Constantinople

Des terrasses du *Grand Mabeyn*, on pouvait assister au *selamlik*, imposante cérémonie depuis toujours destinée à montrer la splendeur de l'Empire. Chaque vendredi, le sultan sortait de l'enceinte du palais pour se rendre à la mosquée[1] dont il avait en partie lui-même sculpté les boiseries (d'autres panneaux exécutés de sa main avaient été vendus au profit des indigents). Pour déjouer un éventuel attentat terroriste, la sortie du souverain s'effectuait généralement plus tard que l'heure annoncée.

L'aïeule d'Anna raconta une de ces sorties dans son journal : « Du haut des terrasses du palais, on embrassait le Bosphore, la Corne d'Or, les contours étincelants de Constantinople et, au tout premier plan, une mer de turbans verts et de fez écarlates : les gardes du sultan. L'excitation augmentait à mesure qu'approchait le moment d'apercevoir le monarque. Les signes avant-coureurs de son apparition consistaient dans l'arrivée

1. Hamidiyé.

de voitures-citernes et de sableuses, qui préparaient la chaussée pour les attelages. Puis, dans des voitures fermées escortées par des eunuques, s'avançaient ses filles et ses favorites dont on pouvait parfois entrevoir les beaux visages circassiens à travers leur voile. Le cortège était conduit par le chef des eunuques, un important personnage doté du titre d'altesse et dont la lourde silhouette maladroite vacillait sur une selle somptueusement ouvragée. Immédiatement après venaient les fils d'Abdülhamid, accompagnés de leurs serviteurs, suivis par tous les pachas de la ville revêtus d'uniformes resplendissants. La musique s'arrêta soudain et, image vivante de la puissance, de la dignité et de l'autoritarisme, le sultan passa alors dans son landau officiel et salua de ses mains gantées de blanc. À son côté se tenait son fils favori ; en face, le puissant maréchal du palais. Derrière la voiture défilaient les gardes du corps albanais, de magnifiques gaillards à l'aspect farouche, à la barbe noire, arborant des tuniques noires à plastron rouge, suivis par les chambellans et les aides de camp.

Au moment où le sultan atteignit la mosquée, au bout d'un trajet de deux minutes seulement, la voix de l'imam s'éleva du minaret pour lui rappeler que toute la splendeur, toute la dignité et toute la gloire dont il était entouré devait s'effacer devant celle de Dieu.

Après une demi-heure passée à la mosquée, le sultan retourna au palais en prenant lui-même les rênes de son petit phaéton attelé de deux chevaux gris, cadeau de l'empereur François-Joseph. Autour de sa voiture et derrière elle se bousculaient la foule des courtisans, des pachas en splendides uniformes et des eunuques, qui tous voulaient s'approcher de la personne du souverain. Celui-ci disparut ensuite dans son palais pour n'en sortir que le vendredi suivant. »

Cette cérémonie était non seulement l'occasion d'une démonstration de la puissance du sultan, de son autorité, mais aussi de sa bonne condition physique.

Le mariage à Constantinople

L'aïeule d'Anna notait dans son journal : « Les dames du harem sont célèbres pour la correction et la distinction de leurs manières, autant que pour le luxe dans lequel elles vivent. Nous venons d'assister à un mariage digne des *Mille Et Une Nuits.* Celui de la fille du sultan. On dit qu'elle a choisi son mari sur photographie et ne l'a jamais rencontré auparavant. Son trousseau, sa vaisselle d'or et d'argent ainsi que ses diadèmes, ses bracelets et ses colliers furent exhibés dans les rues, sous escorte militaire. Trois grands dîners à *la franque* (c'est-à-dire des mets européens consommés à l'aide de couverts) furent offerts aux convives dans un salon décoré d'un palmier de verre à chaque extrémité. Bien sûr, nous eûmes droit à la célèbre lemonata du palais, un véritable nectar des dieux, aussi différent du breuvage insipide appelé limonade que l'eau l'est du champagne. Après le dîner, des danseuses exécutèrent des danses orientales mais aussi des polkas. La mariée portait une tenue à la dernière mode, venue de Paris, pourvue d'une traîne de près de deux mètres de longueur. Une princesse royale, parée comme une châsse, était soutenue par deux eunuques tant était lourd le poids de sa robe, de ses ornements et de ses bijoux. Des invités se juchèrent même sur des chaises pour l'apercevoir lorsqu'elle passa.

Assise sur son trône, la mariée recevait les félicitations des invités, les personnages de haut rang baisaient sa main et la pressaient, d'autres posaient les lèvres sur l'ourlet de sa robe tandis que des esclaves jonchaient de pièces d'or la salle du trône et de pièces d'argent le grand salon. On tira des feux d'artifice dans les rues, et du pain et de la viande furent distribués aux miséreux pendant quatre jours.

Il règne ici une curieuse ambiance. Si les dames turques semblent désireuses de se débarrasser de leur voile, leur horizon n'en demeure pas moins fort borné. On raconte qu'une femme du harem tombée amoureuse d'un Italien qui peignait des fresques au palais s'en ouvrit à sa servante. Celle-ci l'avertit que c'était un péché pour une musulmane d'aimer un infidèle. L'odalisque fut tellement troublée qu'elle se suicida en se jetant dans la chaudière des bains du harem. »

Une mission en Égypte

Pour les archéologues, c'était une période flamboyante. Depuis la fin de la Première Guerre mondiale, ils déblayaient méthodiquement cette nécropole. Nous eûmes vite fait de boucler leurs bagages et ils gagnèrent à cheval le point de ralliement, à quelques minutes de la ville où guides, dromadaires et matériel les attendaient. La caravane partait pour remonter la vallée du Nil. Après un crochet par l'oasis de Siouah, elle devait rejoindre le site de Sakkarah.

Depuis les explorations de Mariette et de Maspero, au siècle précédent, les voies ouvertes dans les pyramides s'étaient à nouveau obstruées. Le temple de Teti avait été déblayé et son sarcophage en grès orné de fines inscriptions s'y trouvait toujours. Au nord de la pyramide royale se trouvait celle de la reine Ipout, découverte vingt-cinq ans plus tôt, où les archéologues venaient de mettre au jour l'entrée de la chambre funéraire. Si tout allait bien, ils reverraient Gizeh qu'ils avaient déjà visité ensemble. Puis ils auraient ensuite la possibilité de prendre un bateau pour remonter le Nil jusqu'au barrage d'Assouan, construit par les Anglais, qui avaient l'ambition de réguler le cours de l'histoire en même temps que celui du Nil. Ils verraient ainsi la Vallée des Rois, les temples de Louksor.

Le chef de la caravane, Mohamed, porta sa main à son cœur pour accueillir les nouveaux venus. Son visage glabre était régulier, et son allure majestueuse. Il s'inclina respectueusement devant la jeune femme qui avait revêtu un strict costume de cavalière et caché ses cheveux sous un turban de mousseline bleue. Elle s'était souvenue des recommandations de ses amis à propos de la tenue rigoureuse qu'une femme se devait d'adopter en pays musulman. Un autre couple, des Anglais, les rejoignit bientôt. Zina (la grand-mère d'Anna), qui n'avait que vingt-quatre ans, était à mille lieues d'imaginer que sa compagne de voyage était le futur célèbre chantre de l'Orient-Express.

De ses gestes lents et précis, Mohamed invita ses hôtes à s'installer sur les dromadaires tandis que ses compagnons arrimaient leurs bagages. D'un mot mystérieux, il encouragea les bêtes à se lever.

La vie d'aventures et d'explorations commençait…

La caravane longea un moment la Méditerranée avant de s'enfoncer dans le désert. Zina profitait de la moindre halte pour sortir son carnet de croquis et ses godets d'aquarelle. Son sens aigu de l'observation, son trait vif et amusant lui permettaient de fixer sur le papier les petites scènes de la vie quotidienne du campement, de croquer les situations cocasses : Mohamed en train de hurler, la bouche grande ouverte, pour décider un dromadaire rétif à bouger, ou le vieil Ali écartant les mouches qui assaillaient sa barbe sucrée. La jeune femme, discrètement installée dans un coin avec ses pinceaux, n'attirait pas leur attention. Chaque soir, ses dessins circulaient de main en main, suscitant des rires complices. Sa connaissance de leur langue, ses efforts pour copier les délicates arabesques de leur écriture touchaient ces gens simples et bons. À leur tour, ils lui racontaient dans un français impeccable des histoires d'amour orientales qu'elle notait. Son gros carnet devint ainsi un véritable journal de voyage à la manière de Delacroix où se mêlaient textes, hiéroglyphes, dessins et aquarelles[1].

Pendant ce temps, les hommes prenaient des photos. Ils ne parvinrent cependant jamais à saisir aussi bien qu'elle les secrets mouvements de ces nomades du désert que leurs objectifs effrayaient ou figeaient dans des poses absurdes. Tout aussi appliquée que sa jeune camarade de voyage, Agatha écrivait sans relâche.

Les deux épouses des archéologues se déplaçaient

1. Comme le journal de son aïeule, ce cahier a permis à Anna de comprendre l'Orient mieux que n'importe quel manuel d'histoire.

de tente en tente, avec simplicité et aisance. Les cheveux blonds et la peau blanche de Zina fascinaient les femmes du camp. Légères et insaisissables, un rien les amusait. En peu de temps, elles leur apprirent mille choses utiles : comment faire le thé, recueillir de l'eau dans le désert, soigner une insolation ou une rage de dents, comment se laver sans se dévêtir, comment pétrir la pâte à pain en la faisant sauter d'une main dans l'autre jusqu'au moment de l'enfourner sous le sable pour la cuire. Agatha, quant à elle, lui raconta à sa façon imagée comment les Égyptiens avaient inventé le pain. « C'était au temps des pharaons, une jeune femme étourdie oublia sa pâte au soleil et partit aux champs. Quand elle revint, la pâte avait gonflé mais, par crainte de se faire gronder par son mari si le pain n'était pas prêt quand il rentrerait, elle décida de la faire cuire ainsi. Il trouva la recette délicieuse. »

Agatha avait vingt ans de plus que Zina et lui prodiguait quelques conseils, toujours avec cet humour délicieux.

Lors d'un bivouac, on organisa une fête. Dès le matin, un feu avait été préparé pour accumuler de la braise. Deux moutons furent mis à la broche. Un délicieux fumet embaumait le camp. Les musiciens entamèrent une joute sonore, donnant le signal de la fête. Une danseuse apparut entre les tentes, puis une autre, puis une troisième. Vêtues de pantalons rouges et de bustiers brodés d'or, elles ondulaient entre les tentes, leur voile transparent flottant autour de leur visage. L'une d'elles fixait les archéologues de ses yeux de braise, agitant son bassin à un rythme fou et animant ses bras de courbes voluptueuses. Ses seins et ses hanches opulents s'offraient librement aux regards. Zina en fut un peu jalouse. Au dîner, voyant sa jeune amie dépitée, Agatha lança : « Vous avez épousé un archéologue : plus vous vieillirez, plus il vous aimera, mon petit ! »

Les mystères de Prague

La tradition hébraïque fait remonter l'origine du ghetto de Prague à une époque immémoriale, précédant même la fondation de la ville sur la Vltava. Ainsi les Hébreux seraient arrivés sur les lieux aussitôt après la destruction du Temple de Jérusalem. D'autres fixent plus communément leur venue au Xe siècle[1].

À cette époque, la ville juive se constituait d'un conglomérat de maisons entassées, entouré de murs percés de portes. Le ghetto conserva jusqu'au milieu du XIXe siècle cet aspect, quand, contre la volonté des rabbins intraitables qui préféraient l'isolement, les murs d'enceinte furent abattus et remplacés pendant quelques temps par des cordes et des fils de fer. Et tandis que Prague changeait de style en s'agrandissant, le ghetto demeurait le même : un amas de masures médiévales flanquées de rares superstructures baroques, confiné dans un espace réduit, entre la vieille ville et le fleuve. Ce secteur surpeuplé où la densité de population croissait, avec ses bicoques et ses trous de souris entassés les

1. La *Chronique de Bohême* (1541) stipule que les Juifs obtinrent en 995-997 l'autorisation de s'établir dans la cité vltavine, pour avoir aidé les chrétiens à repousser les Infidèles au Xe siècle. Au gré de leurs pérégrinations, des marchands juifs s'arrêtèrent alors à Prague, et se forma entre les XIIe et XIIIe siècles la colonie juive.

uns sur les autres, était le plus petit de tous les quartiers de Prague : quatre-vingt-treize mille mètres carrés. On n'y voyait pas d'autres arbres que ceux peints sur les murs. Il n'y avait qu'un seul jardin : le cimetière. Et pourtant, malgré cette exiguïté asphyxiante, il y avait une synagogue pour dix maisons. Le pittoresque du ghetto tel qu'il apparaît dans les photos jaunies et sur les tableaux de nombreux peintres[1] tenait à l'imbrication de masures bancales, humides et sales. C'était un bizarre labyrinthe de ruelles crasseuses, non pavées, étroites comme les galeries d'une mine où le soleil pénétrait rarement. Ruelles malades et laides qui traversaient le ventre d'une bâtisse, puis, bifurquant à l'improviste, venaient heurter comme des chauves-souris un mur aveugle. Ruelles zigzagantes, avec leurs réverbères aux angles, flaques boueuses et portails de bois en ogive. Boyaux dont les saillies et les coudes avaient un je-ne-sais-quoi d'ivre, de titubant, d'onirique. Le ghetto comptait un nombre impressionnant de cours et de galeries, galeries à l'intérieur des cours avec escaliers extérieurs compliqués, aux marches branlantes, recouverts d'un petit toit. S'il n'était pas possible d'installer les galeries sur la cour, on les accrochait sur les façades. Ce tas de constructions délabrées regorgeait d'habitants souvent entassés à quatre par pièce, une paillasse dans chaque angle ; cet amas nauséabond de corps n'empêchait cependant pas d'accumuler dans chaque recoin de la marchandise et d'installer des cages pour les colombes et les oies.

Le ghetto pragois connut sa meilleure période sous le

1. Jan Minafik, Antonin Siavaek, etc.

règne de Rodolphe II, lorsque y vécurent deux personnages au renom légendaire : Rabbi Yehouda Lôw ben Betsaiel, mine d'or d'enseignements et de préceptes, et Mordekhaï Meisi, mécène et financier. Celui-ci (1528-1611), fit construire trois synagogues, dont l'une porte son nom, des bains publics, l'hôtel de ville, un hôpital.

La grande école talmudique fut fondée par Rabbi Lôw. Bienfaiteur et donateur connu de tous, il habillait les pauvres, offrait leurs trousseaux aux jeunes mariées nécessiteuses et prêta même de l'argent à Rodolphe pour ses collections et les guerres menées contre les Turcs.

L'événement principal de la vie de Lôw demeure sans conteste la fameuse audience que Rodolphe II lui accorda le 16 février 1592, au sujet des problèmes de la communauté juive. Mais la légende veut que Rodolphe II, désireux de pénétrer les secrets de l'univers, ait interrogé le mage sur la cabale et autres choses mystiques et secrètes.

Dans une petite pièce reculée du château, après s'être fait promettre que personne ne l'interromprait avec des bavardages et des rires, Lôw consentit à évoquer en présence de l'empereur et des courtisans les ombres des patriarches Abraham, Isaac et Jacob et des douze fils de celui-ci. Dans l'obscurité, des charbons ardents reposant au fond d'un brasier de cuivre faisaient jaillir de longues volutes de fumée. Sur un mur, appelées par les paroles magiques du rabbin, sortirent une à une de la fumée les imposantes silhouettes de la Genèse. Mais lorsque l'un des douze fils de Jacob, roux, taché de son et bossu, après une série de sauts clownesques, se tint en équilibre sur un décor d'épis et de tiges de lin, Rodolphe et avec lui les courtisans envoûtés éclatèrent d'un rire gras. La vision disparut et, dans un craquement, le plafond commença à s'abaisser sur les dignitaires atterrés qui auraient certainement été écrasés si Lôw ne l'avait arrêté en récitant des formules de la cabale. (Chez Goethe, Faust aussi fait apparaître de la fumée d'un trépied, face à l'empereur et à la Cour, Pâris et Hélène.)

La légende a transformé Rabbi Lôw en cabaliste et en mage expert dans les sciences du diable : autrement dit en échantillon typique d'une époque où des bandes d'imposteurs et d'escrocs dignes de disparaître au fond de l'enfer occupaient le devant de la scène à côté des professeurs et des savants et où la foi dans les puissances surnaturelles était grande.

Doté d'extraordinaires vertus de guérisseur, Rabbi Lôw devint, dans la légende, illusionniste et homme de l'ombre, maître de sorcellerie et distillateur. Son cabinet était un véritable laboratoire d'alchimiste, avec athanor, signes zodiacaux, livres occultes, alambics et autres instruments de sublimation.

L'antique cimetière juif, avec ses extraordinaires tombes en corolles, fleurs de pierre sauvages et abandonnées, subjugua nos jeunes New-Yorkais, comme il frappa l'imagination d'écrivains étrangers comme Andersen. Les légendes, en se fondant sur la lecture erronée de certaines pierres, situent l'origine de cette nécropole en des temps immémoriaux. En réalité la plus vieille pierre tombale est celle de Rabbi Lôw : « Une beauté vieille de trois cents ans ».

Enserrée dans un territoire exigu entre trois synagogues, la nécropole juive, du côté du fleuve, voisinait autrefois avec des bordels, des baraques où vivaient les bourreaux, les parias, les rôdeurs, et des salpêtrières. Enchevêtrement de tombes superposées et entassées, ce cimetière présente la même manie d'accumulation que l'on retrouve dans les maisons et les empilements d'objets des brocanteurs du ghetto. En raison du manque d'espace on recouvrait d'argile les vieilles sépultures, de sorte qu'en certains endroits il y a jusqu'à douze couches de tombes les unes sur les autres, ce qui explique les inégalités du terrain. De ces entassements successifs émerge un épais conglomérat de pierres bancales, boiteuses, inclinées, enfoncées jusqu'à la pointe, englouties par le sol humide et noir.

Les Juifs étaient enterrés munis de peignes en argent pour démêler la chevelure des morts, de petites brosses également en argent pour nettoyer leurs ongles, et de petits tas de terre qu'ils plaçaient sous les têtes inanimées. Le dernier cippe remonte au 17 mai 1787. Cette année-là, pour éviter la contagion de la peste – le cimetière se trouvant au milieu des habitations –, les inhumations cessèrent sur ordre de Joseph II.

Plus on avançait dans le cimetière, plus on ressentait le poids du passé. « La nécropole grouille de fantômes », avaient-ils entendu dire. Ainsi, sous une pierre représentant une femme entre deux coqs, repose un prêtre catholique, transfuge du judaïsme, qui voulut être enseveli à côté de la femme juive qu'il avait aimée dans sa jeunesse. Et chaque nuit un squelette lui fait franchir la Vltava pour qu'il puisse aller jouer sur l'orgue de la cathédrale Saint-Guy des psaumes de pénitence.

Des murs du cimetière du ghetto se dégage aussi l'humeur pestilentielle, maléfique, du golem, ce mannequin de glaise, cet homme artificiel. Le serviteur Golem est un personnage clé de la Prague magique. Le terme hébraïque *golem* (en yiddish *goylem*), qu'on rencontre dans le psaume 139, désigne un rudiment, un germe, un embryon : « Mes os ne vous sont point cachés, à vous qui les avez faits dans un lieu caché ; ni toute ma substance que vous avez formée comme au fond de la terre. Vos yeux m'ont vu lorsque j'étais encore informe. » L'allusion à la terre laisse supposer que déjà dans la Bible *golem* désigne un amas de glaise.

ANNEXE 3

Quelques repères

Voyages de noces ou entre amis, événements ? Vous pouvez tout à loisir choisir votre destination à travers les cinq continents. Edgar Poe ne disait-il pas : « Ceux qui rêvent aussi de jour savent plus de choses que ceux qui ne rêvent que la nuit »…

Le Pullman Orient-Express, train mythique de la Compagnie des wagons-lits, classé monument historique, se compose de 7 voitures. Construites à la fin des années vingt, elles sont issues de différents trains qui circulaient sur les quatre grandes lignes d'Europe occidentale et orientale (Côte d'Azur Pullman Express, Riviera Express, Flèche d'or, Étoile du Nord, Oiseau bleu).

En 2003, outre les parties techniques, tous les matériaux et objets ont été restaurés ou confectionnés comme à l'origine.

La voiture salon-bar Train bleu n° 4160

Cadre feutré, aménagement intérieur raffiné… Le Train bleu inspira un ballet en 1924 sur une musique de Darius Milhaud, des textes de Jean Cocteau, des costumes de Coco Chanel et des rideaux peints par Picasso. La voiture fut même transformée en voiture-dancing durant la saison d'hiver 1939-1940 ! Son bar fut, jusqu'à la fin des années soixante, un lieu de rendez-vous très prisé. Ce fut le train de prédilection de Chanel, Sacha Guitry…

La livrée de la voiture est crème et bleu. Un monogramme en bronze de la compagnie est fixé de part et d'autre de la caisse.

La voiture est divisée en deux salles comprenant une partie bar et une partie restaurant. La décoration intérieure est de René Lalique (1860-1945), grand maître joaillier et verrier, célèbre pour ses verres moulés et ses motifs décoratifs inspirés de la faune, de la flore et du corps féminin. Les parois lambrissées d'origine sont en platane avec les cœurs de bouquet de fleurs en verre.

Cette voiture Pullman a circulé sur les trains Côte d'Azur Pullman Express, Oiseau bleu et Sud-Express.

Les voitures salon Pullman Flèche d'or n° 4159 et Étoile du Nord n° 4151

La voiture *Flèche d'Or* au grand salon élégant et si confortable, assurait dès 1929 la célèbre liaison Paris-Londres via Calais et Douvres et, record mondial, parcourait les 298 km reliant Paris à Calais en seulement trois heures, à la vitesse prodigieuse de 100 km/h. L'*Échos de Paris* du 12 septembre 1926 relatait l'inauguration : *« Le train le plus rapide du monde. Mon cher, j'en arrive… Tel que vous me voyez, frais et dispos, je viens en moins de sept heures, de parcourir six cents kilomètres… »*

La décoration intérieure fut conçue par René Prou. Cet architecte demeure l'un des grands décorateurs de l'époque Art déco, célèbre par ses réalisations à bord des paquebots, appartements et hôtels de luxe. Les parois lambrissées en acajou de Cuba sont décorées de panneaux de verre, motifs de naïades de René Lalique. Les lampes Art déco furent dessinées par René Prou.

La voiture Salon-Pullman *Étoile du Nord* fut inaugurée en 1929 sur une liaison Paris-Bruxelles-Amsterdam. La décoration intérieure séduisante est également une création originale de René Prou : grandes parois lambrissées d'origine, en loupe de bouleau de Finlande aux incrustations de motifs floraux tulipes en étain, sur les deux petits salons.

Leur livrée extérieure est de couleur crème et bleu et des monogrammes de la compagnie, en bronze, sont apposés sur chacun de leurs côtés.

Ces voitures ont circulé sur les trains *Côtes d'Azur, Pullman express, Edelweiss, Étoile du Nord, Oiseau bleu, Sud Express.*

Les voitures-restaurants Riviera n° 2979, Taurus n° 2976 et Anatolie n° 2869

Ces voitures-restaurants de livrée extérieure bleue disposent de tables de deux ou quatre personnes. Leurs parois sont lambrissées de panneaux de loupe et de ronce d'acajou de Cuba.

La voiture Anatolie est particulièrement réputée pour ses marqueteries de guirlandes de fleurs en bois de violette, de rose, de platane, de citronnier, d'ébène de Macassar.

Sa décoration intérieure a été conçue d'après des dessins d'Albert Dunn, grand marqueteur britannique dont les créations du début du XXe siècle se retrouvent encore à bord d'un grand nombre de voitures de chemin de fer et paquebots de luxe.

S'affranchissant des frontières et des aléas du voyage, Georges Nagelmackers, en 1883, a inauguré une nouvelle forme de voyage empreint de mystère et d'exotisme en mettant sur rails l'Orient-Express.

Aujourd'hui, le Pullman Orient-Express, classé monument historique, est à la fois le symbole et le témoignage de cette alliance réussie entre le passé et le présent qu'a su préserver la Compagnie des wagons-lits.

La gastronomie à bord de l'Orient-Express

Menu du dîner, 6 décembre 1884 Orient-Express

Potage tapioca, Olives et beurre
Bar sauce hollandaise

Pommes au naturel
Gigot de mouton bretonne
Poulet du Mans cresson
Épinards au sucre
Tarte de fruits
Fromages, fruits

Menu du dîner, 17 avril 1884 Train d'Orient

Potage
Perles du Japon
Poissons
Pommes à l'anglaise
Filet de bœuf jardinière
Rôti
Poulet du Mans au cresson
Légumes
Chou-fleur au gratin
Crème chocolat
Desserts

Menus servis par la CIWL le jour de la signature de l'Armistice, le 11 novembre 1918

Déjeuner
Omelette paysanne
Fricandeau florentine
Choux-fleurs polonaise
Viande froide à la gelée
Salade
Dessert

Dîner
Consommé aux diablotins
Langouste en Bellevue
Contre-filet à la Jussieu
Endives demi-glace
Dessert

L'énigme de l'Orient-Express

AVENTURE. Accueil en fanfare sur le quai. Le tapis rouge est déroulé, la musique accompagne les voyageurs, le champagne coule déjà. Il est 18 heures ? À 19 h 30, la locomotive de l'Orient-Express démarrera. Le train est en gare, alignant ses six luxueuses voitures. À l'intérieur, les panneaux de verre ont été moulés par Lalique dans des boiseries d'acajou de Cuba et René Prou a habillé les cloisons de marqueteries de bois rares et de laque. Le convoi va partir pour Istanbul où doit avoir lieu une importante vente aux enchères. Nous sommes en 1935. Du moins c'est tout comme. Même si la gare de Bercy n'existait pas à l'époque. Même si votre robe de soirée et votre smoking ont une coupe XXIe siècle dernier cri. Même si ce train n'ira finalement pas à Istanbul. Il roulera simplement dans la nuit, pendant un peu plus de quatre heures, autour de Paris, puis rentrera en gare de Bercy à 23 h 45. Fin de la soirée. Mais quelle soirée !

Figurez-vous, en effet, qu'un précieux anneau d'or du XIVe siècle, qui devait faire partie de la vente aux enchères, a disparu. D'ailleurs, la police est là qui vous attend, à bord du train. Déguisés en policiers d'avant-guerre, les trois comédiens sont plus vrais que nature. Raison de plus pour les aider à débusquer le voleur parmi trois suspects. Pour ce faire, un « livre de l'intrigue » vous est remis, qui vous indiquera quelques pistes.

Vous aurez toute la soirée pour démasquer le coupable. La clé de l'énigme sera de toute façon fournie avant l'arrivée, juste après le somptueux dîner servi (vaisselle d'origine rééditée) par une brigade en uniforme d'époque. Et pour peu que vous vous trouviez dans la voiture Train bleu, qui servit de décor au film de Sidney Lumet *Le Crime de l'Orient-Express*, tiré du roman d'Agatha Christie, vous imaginerez peut-être le célébrissime détective Hercule Poirot en train d'essuyer méticuleusement sa moustache cirée après avoir dégusté la vichyssoise de légumes ou le consommé de queues de bœuf (à bord, les recettes sont aussi d'époque).

Train de luxe pour un soir

MYTHE. Le 1er décembre, une soirée pas comme les autres commencera dès 17 h 30 à la gare de l'Est et se terminera à 1 heure du matin, au même endroit. Sept heures et demie d'un voyage dans le grand luxe… Les voyageurs inscrits commenceront par fouler le tapis rouge jeté sur le quai devant le Pullman Orient-Express, avant d'embarquer à bord du train mythique de la Compagnie des wagons-lits ? Celui-là même qui inspira Agatha Christie et Graham Greene, avec ses voitures années trente, aujourd'hui classées monuments historiques, tout de lambris en acajou de Cuba, panneaux en pâte de verre Lalique, lampes Art déco René Prou, fauteuils Pullman… À 18 heures, le train sifflera trois fois puis s'ébranlera, direction la Champagne. À 20 heures, il atteindra son terminus : Épernay. Sur le quai de la capitale mondiale du champagne, les sonneurs de trompe salueront la descente des voyageurs. Puis ceux-ci seront conduits dans un dédale de galeries creusées dans le craie champenoise il y a plus de deux cent cinquante ans : les caves Moët et Chandon. La visite (privative) durera plus de deux heures, agrémentée comme il se doit d'une dégustation. Retour à la gare d'Épernay, d'où l'Orient-Express repartira à 22 heures. À bord, le dîner, signé Lenôtre, sera servi dans la porcelaine et l'argenterie. Enfin, à 1 heure du matin, le train entrera en gare de l'Est, son point de départ. Et la boucle sera bouclée. Le prix de cette belle échappée manque, on s'en doute, de retenue. D'autant qu'on le multiplie d'office par deux car une telle aventure se vit rarement seul.

(Voir *Le Figaro*, 6 octobre 2005)

REMERCIEMENTS

Je voudrais exprimer ma profonde reconnaissance à Isabelle de Tredern qui, comme à l'accoutumée, m'a accompagné dans ce travail.

J'exprime toute ma gratitude à Jean des Cars et Jean-Paul Caracalla, grands experts de l'histoire des wagons-lits, qui ont mis leur connaissance à ma disposition.

Mes remerciements vont aussi à mon éditeur, ainsi qu'à tous ses collaborateurs, qui ont soutenu cet ouvrage.

Je tiens à exprimer toute ma gratitude à la direction et aux collaborateurs de la Compagnie des wagons-lits, qui m'ont généreusement ouvert leurs archives. Merci à Philippe Hamon. Merci à Simone et Antoine Veil (quand ce dernier était P-DG de la Compagnie des wagons-lits), il a contribué à la restauration si réussie du train de légende.

Et merci également à Martine Chantreau.

Table

Vladimir Fédorovski dans Le Livre de Poche

Le Roman de la Russie insolite n° 30750

Après *Le Roman de Saint-Pétersbourg,* prix de l'Europe en 2003, et *Le Roman du Kremlin,* prix du Meilleur Document et prix Louis-Pauwels en 2004, Vladimir Fédorovski nous offre un livre inattendu, celui de l'âme slave. Le texte s'articule autour de trois femmes d'exception : Alexandra Fedorovna, la dernière tsarine, Inès Armand, l'égérie française de Lénine, et Catherine L., une célèbre espionne. Grâce à leurs histoires d'amour, nous parcourons les chemins sinueux de la civilisation russe, du Transsibérien à la Volga, de l'Anneau d'or aux monastères de la vieille Russie, de Dostoïevski à Boulgakov, de Nicolas II à nos jours. *Le Roman de la Russie insolite* est aussi un livre de révélations car Vladimir Fédorovski a pu consulter des archives jusque-là inaccessibles et recueillir des témoignages totalement inédits sur le passé comme sur la période actuelle.

Le Roman de Saint-Pétersbourg n° 15610

A l'occasion du tricentenaire de Saint-Pétersbourg, Vladimir Fédorovski met en scène les grands moments de l'histoire sentimentale de cette ville insolite créée par la seule volonté de Pierre le Grand au bord de la Néva. Pierre Ier et son impératrice paysanne, Catherine II et son vigoureux compagnon le prince Potemkine, Alexandre Ier et son égérie occulte, mais aussi les grands artistes et hommes de lettres russes et occidentaux (Pouchkine, Dostoïevski, les poètes du siècle d'Argent, le chevalier d'Eon, le marquis de Custine, Balzac) sont les personnages de ce roman vrai qui nous convie à une promenade romantique dans la Venise du Nord. Une traversée étonnante dans le temps et l'espace, dans les palais étincelants de Saint-Pétersbourg d'hier et les rues sinueuses de Leningrad, sur les traces des hommes et des femmes qui y ont connu le coup de foudre. Cet ouvrage s'appuie sur des archives tirées des fonds confidentiels récemment rendus accessibles en Russie et sur des témoignages inédits. Des pages marquées par le mystère, l'évasion, l'aventure et le défi.

Le Roman du Kremlin n° 30387

Dressant ses murailles au cœur de Moscou, symbole du pouvoir absolu des tsars puis des dirigeants communistes, le Kremlin n'a cessé de fasciner et d'inquiéter. C'est qu'il est, depuis toujours, un lieu de mystères. Ses palais fastueux, ses sanctuaires, ses souterrains ont été les témoins des cruautés et des orgies d'Ivan le Terrible. Après la longue parenthèse de Saint-Pétersbourg, capitale à l'européenne voulue par Pierre le Grand, il incarne la dictature totalitaire et la paranoïa stalinienne. Jusqu'aux années 1990, il reste le point de mire des journalistes, diplomates et « kremlinologues », soucieux de décrypter les luttes de pouvoir derrière le masque impavide des Brejnev et des Andropov… Se fondant sur des archives et des témoignages inédits, fort de sa connaissance des arcanes politiques de son pays (il fut diplomate durant la période des grands bouleversements à l'Est), Vladimir Fédorovski fait revivre des ombres shakespeariennes : Lénine affaibli et quasi prisonnier, Dzerjinski déchaînant la terreur révolutionnaire, Beria éliminé par Khrouchtchev… Du célèbre agent double Kim Philby à Vladimir Poutine, chef du KGB devenu président, il nous montre comment l'histoire russe, obstinément, se constitue autour du couple paradoxal que forment le tsar et l'espion. Et ce passionnant récit d'histoire, couronné par le prix Louis-Pauwels 2004, est aussi le plus précieux des guides pour qui veut visiter Moscou.

Les Tsarines n° 30531

En Russie, l'influence des femmes en politique a pris racine dans une étonnante tradition historique devenue un véritable phénomène de civilisation. Celles que l'on a coutume d'appeler les « Tsarines », même lorsqu'elles n'ont aucun lien avec la famille impériale, voient leur influence prendre corps au XVIIIe siècle, où les femmes régnèrent sans interruption. Le XIXe siècle est celui des Tsarines de l'ombre. Des palais de Saint-Pétersbourg aux souterrains du Kremlin, les égéries occultes d'Alexandre Ier et Alexandre II, Madame de Krundener et la célèbre Katia Dolgorouki, eurent une influence notable sur le pouvoir. Sans oublier la femme de Nicolas II et son redoutable directeur de conscience, Raspoutine. L'époque contemporaine a perpétué cette tradition, de l'égérie secrète de Brejnev, dont très peu connaissent l'histoire, à Raïssa Gorbatchev, qui joua lors de la perestroïka un rôle de premier plan. Tatiana, la fille de Boris Eltsine, releva le défi de ces Tsarines qui, encore aujourd'hui, règnent dans l'ombre.

Du même auteur

AUX ÉDITIONS DU ROCHER

Les Tsarines, 2002.

L'Histoire secrète des ballets russes, 2002 ; prix des écrivains francophones.

Le Roman de Saint-Pétersbourg, 2003 ; prix de l'Europe.

Le Roman du Kremlin, Le Rocher-Mémorial de Caen, 2004 ; prix Louis-Pauwels, prix du meilleur document de l'année.

Diaghilev et Monaco, 2004.

Le Roman de la Russie insolite, 2004.

Le Fantôme de Staline, 2007.

CHEZ D'AUTRES ÉDITEURS

De Raspoutine à Poutine : les hommes de l'ombre, Perrin, 2007.

Paris-Saint-Pétersbourg : la grande histoire d'amour, Presses de la Renaissance, 2005.

Les Deux Sœurs, Lattès, 2004 ; prix des Romanciers.

La Guerre froide, Mémorial de Caen, 2002.

La Fin de l'URSS, Mémorial de Caen, 2002.

De Raspoutine à Poutine, les hommes de l'ombre, Perrin-Mémorial de Caen, 2001 ; prix d'Étretat.

Le Retour de la Russie, Odile Jacob, 2001.

Le Triangle russe, Plon 1999.

Le Département du diable, Plon, 1996.

Les Égéries romantiques, Lattès, 1995.

Les Égéries russes, Lattès, 1993.

Histoire secrète d'un coup d'État, Lattès 1991.

Histoire de la diplomatie française, Éditions de l'Académie diplomatique, 1985.